TARTARÍN

DE

TARASCÓN

*

ALPHONSE DAUDET

Edición Ilustrada y Anotada

Ilustraciones de Daniel Girard

Traducción y adaptación de Agustina García-Lacroix

Moai Ediciones 2019

Tartarín de Tarascón (Tartarin de Tarascon)

© 1872 Alphonse Daudet

© De la presente traducción y adaptación Agustina García-Lacroix 2019

ISBN: 9781693759970

Primera edición en papel: Septiembre 2019

Portada e Ilustraciones Interiores: Daniel Girard

Diseño de Cubierta: Magma Diseños

ÍNDICE

PRESENTACIÓN

El naturalismo en literatura resulta un producto muy poco natural. Si en la avalancha de los movimientos filosóficos surge como una respuesta contra el idealismo, cubriendo un espectro que va del materialismo al positivismo —pasando por el singular panteísmo de Spinoza—, en las letras aparece (principalmente en Francia) como una reacción frente a los románticos. La fuerza del naturalismo —y lo que lo hace vigente en nuestro fin de siglo— no la encontraremos en su aspecto más evidente, lo que las enciclopedias llaman la "representación de la naturaleza", sino en su método experimental y, principalmente, en su descripción de los hechos sin idealizaciones, sin ningún prejuicio moral o estético.

A Alphonse Daudet, que nació en Nimes, Francia, en 1840 y falleció en 1897, se le suele colgar la etiqueta de este naturalismo junto con Gustave Flaubert, los hermanos Goncourt, Guy de Maupassant y Émile Zola, entre otros.

Quizá lo único que une a todos estos autores es la infatigable búsqueda de la belleza formal a través de elementos y temas que no eran considerados dignos de la literatura o la poesía: la infidelidad pequeño burguesa de la Bovary, alimentada por la literatura romántica; la minuciosa crónica de la desintegración física y moral de Geminie Lacerteux (1865) escrita por los hermanos Goncourt; la entrañable saga de la prostituta Bola de Sebo (1880), o el determinismo ambiental llevado a la exasperación de una novela cíclica en 20 volúmenes, Los Rougon-Macquart, de Zola...

La realidad real —y la mecánica cuántica parece confirmarlo— es un punto de vista. O más bien: es un número n de sucesos y fenómenos posibles que se entrecruzan o evitan, que confluyen en, o desaparecen frente al observador y a los instrumentos con que éste mide y observa. En la realidad literaria, Flaubert utiliza el instrumento de conocimiento por excelencia: el lenguaje, con alta precisión, y sustrae de manera radical al narrador, es decir: lo vuelve omnipresente diluyéndolo en la materia narrativa: el escritor es a un tiempo Emma y el amante, el caballo y el atardecer, las flores y el camino. La naturaleza de madame Bovary es lenguaje y Flaubert construye la realidad (es decir, la forma) imponiendo un riguroso andamiaje poético incluso a los actos más nimios de sus personajes. El punto de vista está estructurado tanto por la omnipresencia del narrador como por el poder (re)generador del idioma. Por ello, con justicia Flaubert puede decir: "Madame Bovary soy yo".

El punto de vista de Alphonse Daudet es distinto —menos totalizador, pero no menos inquietante. Novelista, dramaturgo y poeta, Daudet es prolífico y precoz: publica su primer libro de poemas, *Les amoureuses*, a los 18 años y su autobiografía, *Le petit chose*, ¡a los 28! En ella nos habla de una infancia agobiada por la pobreza. Quizá sea este origen precario (recordemos que sus amigos y compañeros de letras ya mencionados —salvo el caso de Maupassant— provienen de familias aristócratas o, por lo menos, burguesas acomodadas) el que le permite incorporar a su obra dos factores fundamentales: el sentido del humor y los elementos fantásticos. Para desarrollar con eficacia su punto de vista se apoya en la fábula tradicional y en el cuento, en las tradiciones bíblica y grecolatina, en la medicina y otras ciencias, en acontecimientos históricos así como en notas periodísticas; todos éstos, que son elementos de los naturalistas, Daudet los pasa por el tamiz de su ironía e imaginación para apropiárselos. Por ejemplo en el cuento "La cabrita del señor Seguín", de *Cartas desde mi molino*, la narración —es decir: la visión subjetiva, para utilizar un término cinematográfico— nos llega a través de la cabra, a la que otorga un afectuoso sentido del humor.

Como Flaubert, Daudet traza con delicadeza el contraste entre las fantasías y los sueños de sus personajes, y el entorno social que los determina (y los ahoga). En su Tartarín de Tarascón esto se realiza plenamente. Tartarín es un ávido lector y coleccionista de novelas de aventuras que hablan de lugares y animales exóticos. Esta característica lo vincula casi naturalmente con El Quijote de Cervantes, a quien Daudet hace aquí un homenaje, y con Madame Bovary de Flaubert.

En Tartarín de Tarascón, Daudet nos entrega una visión humorística de las fantasías aventureras de un buen burgués de provincias del siglo XIX. Tartarín es un personaje dentro del que conviven los espíritus de Don Quijote y Sancho Panza: la sed de aventura alimentada por la literatura romántica frente a los efectos de una realidad que parece poder prescindir tranquilamente de lógica novelesca.

Tartarín es orillado por la gente de su pueblo —para quienes él, un héroe vicario, es puesto constantemente a prueba en nombre de la necesidad de vivir vicariamente sus hazañas— a emprender una extraña travesía que lo llevará del puerto de Marsella hasta el sur de Argelia. Este periplo es aprovechado por el autor para hacer minuciosas y apasionantes descripciones de los lugares en los que transcurre la acción. Aunque Tartarín no es un personaje trágico, a la manera de Emma Bovary, el contraste entre lo que éste quiere ver y lo que realmente le sucede aparece con una lucidez cruda y mordaz.

Parodia del hombre atrapado entre la modernidad y el provincialismo, Tartarín —al igual que el Quijote— ya sólo puede vivir sus aventuras épicas en el terreno de la conversación. Podríamos decir que es un extraño pariente de madame Bovary con la diferencia de que en esta última las fantasías se materializan de forma aterradora e íntima. En cambio, las ficciones de Tartarín no lo aíslan de sus semejantes, al contrario, lo vuelven sumamente popular en su pueblo. Tartarín es —de nuevo como el Quijote— vehículo de transmisión de una épica del espíritu, que la misma vida tranquila y aburrida del burgués de provincias contradice, pero que debe existir como leitmotiv.

En Tartarín de Tarascón, Alphonse Daudet se burla afectuosamente de las manías de ese lector apasionado que cree (todos lo hemos creído alguna vez) poder convertirse en lo que lee: cuando Tartarín se transforma en turco, gracias a sus lecturas se vuelve más turco que los propios turcos (al igual que otros fueron más marxistas que Marx o más librecambistas que la Thatcher).

Quizá para nosotros, seres del fin del milenio situados en el umbral de la realidad virtual, sea ahora un lugar común el hecho de que la literatura y el arte en general nos proporcionen la posibilidad de entender y vivir otras experiencias humanas; pero El Quijote, Jack el fatalista, de Diderot, y Tartarín de Tarascón ya lo sabían perfectamente y nos lo mostraron con una sonrisa.

EPISODIO PRIMERO

EN TARASCÓN

I. El jardín del baobab

Mi **primera visita** a Tartarín de Tarascón[1] es una fecha inolvidable de mi vida; doce o quince años han transcurrido desde entonces, pero lo recuerdo como si fuese de ayer. Vivía por entonces el intrépido Tartarín a la entrada de la ciudad, en la tercera casa, a mano izquierda, de la carretera de Aviñón. Lindo hotelito tarasconés, con jardín delante, galería atrás, tapias blanquísimas, persianas verdes y, frente a la puerta, un enjambre de chicuelos saboyanos, que jugaban al tres en raya o dormían al sol, apoyada la cabeza en sus cajas de betuneros.

Por fuera, la casa no tenía nada de particular. Nadie hubiera creído hallarse ante la mansión de un héroe. Pero, en entrando, ¡ahí era nada! Del sótano al desván, todo en el edificio tenía aspecto heroico, ¡hasta el jardín!...

¡Vaya un jardín! No había otro como él en toda Europa. Ni un árbol del país, ni una flor de Francia; todas eran plantas exóticas: árboles de la goma, taparos, algodoneros, cocoteros, mangos,

---

[1] Tarascón es una bella localidad de la Costa Azul francesa, en el distrito de Arlés. En la época de la historia, mediados del siglo XIX, contaba con unos 13.000 habitantes.

plátanos, palmeras, un baobab, pitas, cactos, chumberas..., como para creerse transportado al corazón de África central, a 10.000 leguas de Tarascón. Claro es que nada de eso era de tamaño natural; los cocoteros eran poco mayores que remolachas, y el baobab —árbol gigante (*arbos gigantea*)— ocupaba holgadamente un tiesto de reseda. Pero lo mismo daba: para Tarascón no estaba mal aquello, y las personas de la ciudad que los domingos disfrutaban el honor de ser admitidas a contemplar el baobab de Tartarín salían de allí pasmadas de admiración.

¡Figuraos, pues, qué emoción hube de sentir el día en que recorrí aquel jardín estupendo!... Pues ¿y cuando me introdujeron en el despacho del héroe?...

Aquel despacho, una de las curiosidades de la ciudad, estaba en el fondo del jardín y se abría, a nivel del baobab, por una puerta vidriera.

Imaginaos un salón tapizado de fusiles y sables de arriba abajo; todas las armas de todos los países del mundo: carabinas, rifles, trabucos, navajas de Córcega, navajas catalanas, cuchillos-revólver, puñales, *kris* malayos, flechas caribes, flechas de sílice, rompecabezas, llaves inglesas, mazas hotentotes, lazos mexicanos..., ¡vaya usted a saber!

Y por encima de todo ello una solanera feroz, que hacía brillar el acero de las espadas y las culatas de las armas de fuego como para poneros aún más la carne de gallina...

Pero lo que tranquilizaba un poco era el aspecto de orden y limpieza que reinaba en aquella cuchillería. Todo estaba en su sitio, limpio y cepillado, rotulado como en botica; de trecho en trecho se tropezaba con algún letrerillo inocentón que decía:

Flechas envenenadas; ¡no tocarlas! O bien: *Armas cargadas; ¡ojo!* ¡A no ser por los tales letreros, nunca me hubiera atrevido yo a entrar!

En medio del despacho había un velador. Sobre el velador, una botella de ron, una petaca turca, *los Viajes del capitán Cook*, las novelas de Cooper y de Gustavo Aimard, relatos de caza, caza del oso, caza del halcón, caza del elefante, etcétera. En fin, delante del velador estaba sentado un hombre como de cuarenta a cuarenta y cinco años, bajito, gordiflón, rechoncho, coloradote, en mangas de camisa, con pantalones de franela, barba recia y corta y ojos chispeantes. En una mano tenía un libro; con la otra blandía una pipa enorme con tapadera de hierro, y mientras leía no sé qué formidable narración de cazadores de cabelleras, adelantaba el labio inferior en una mueca terrible, que daba a su buena faz de modesto propietario tarasconés el mismo carácter de bonachona ferocidad que reinaba en toda la casa.

Aquel hombre era Tartarín. Tartarín de Tarascón, el intrépido, el grande, el incomparable Tartarín de Tarascón.

II. Vistazo general sobre la buena ciudad de Tarascón. Los cazadores de gorras

En la época de que os hablo, Tartarín de Tarascón no era todavía el Tartarín que ha llegado a ser, el gran Tartarín de Tarascón, tan popular en todo el Mediodía [2] de Francia.

No obstante —aun en aquel tiempo—, ya era el rey de Tarascón. Voy a deciros de dónde provenía su realeza.

Habéis de saber, en primer lugar, que en Tarascón todos son cazadores, desde el más grande hasta el más chico. La caza es la pasión de los tarasconeses, y lo es desde los tiempos mitológicos en que la Tarasca hacía de las suyas en los pantanos de la ciudad y los tarasconeses organizaban batidas contra ella. ¡Ya hace rato de esto, como veis!

Pues bien: todos los domingos por la mañana Tarascón toma las armas y sale de sus muros, morral a cuestas y escopeta al hombro, con grande algarabía de perros, hurones, trompas y cuernos. El espectáculo es magnífico; pero... no hay caza; la caza falta en absoluto.

---

[2] La región francesa de Midi, o Mediodía se extendía de forma difusa a todo el sur de Francia, y concordaba aproximadamente con la antigua región de Occitania. (*Nota de la Traductora*)

Por muy animales que los animales sean, ya comprenderéis que, a la larga, han acabado por recelar.

En cinco leguas a la redonda de Tarascón las madrigueras están vacías y los nidos abandonados. Ni un mirlo, ni una codorniz, ni un gazapillo, ni una gallineta.

¡Muy tentadores son, sin embargo, los lindos cerros tarasconeses, perfumados de mirto, espliego y romero! Y aquellas hermosas uvas moscateles, henchidas de azúcar, que se escalonan a orillas del Ródano, ¡son tan endemoniadamente apetitosas!... Sí; pero detrás está Tarascón, y, entre la gentecilla de pelo y pluma, Tarascón tiene malísima fama.

Hasta las aves de paso lo han señalado con una cruz muy grande en sus cuadernos de ruta, y cuando los patos silvestres bajan hacia la Camargue [3], formando grandes triángulos, y divisan de lejos los campanarios de la ciudad, el que va delante empieza a gritar muy fuerte: "Ojo" ¡Tarascón! ¡Ahí está Tarascón!", y la bandada entera da un rodeo.

En una palabra: de caza ya no queda en toda la comarca más que una pícara liebre muy vieja y astuta, que ha escapado de milagro a las matanzas tarasconesas, emperrada en vivir allí. Le han puesto nombre: se llama la Ligera. Se sabe que tiene su guarida en las tierras de M. Bompard —lo cual, entre paréntesis,

---

[3] Región del sur de Francia que se extiende por la zona del delta del Ródano. (N. de la T.)

ha doblado y aun triplicado el precio de la finca—; pero aún no ha podido nadie dar con ella.

Hoy por hoy ya no quedan más que dos o tres testarudos empeñados en buscarla. Los demás la consideran como cosa perdida, y la Ligera ha pasado desde hace mucho tiempo a la categoría de superstición local, si bien es cierto que el tarasconés es por naturaleza poco supersticioso y se come las golondrinas en salmorejo cuando encuentra ocasión.

—Pero veamos —me diréis—, si tan rara es la caza en Tarascón, ¿qué hacen todos los domingos los cazadores tarasconeses?

—¿Qué hacen?

Que se van al campo, a dos o tres leguas de la ciudad. Allí se reúnen en grupitos de cinco o seis, se tumban tranquilamente a la sombra de un pozo, de un paredón viejo o de un olivo, sacan de los morrales un buen pedazo de vaca en adobo, cebollas crudas, un chorizo y unas anchoas, y dan principio a un almuerzo interminable, regado con uno de esos vinillos del Ródano que dan ganas de reír y de cantar.

Y después, ya bien lastrados, se levantan, silban a los perros, cargan las escopetas y se ponen a cazar. Es decir, cada uno de aquellos señores se quita la gorra, la tira al aire con todas sus fuerzas y le dispara al vuelo con perdigones del cinco, del seis o del dos, según se haya convenido.

El que da más veces en su gorra queda proclamado rey de la caza, y por la tarde regresa en triunfo a Tarascón, con la gorra acribillada colgada del cañón de la escopeta, entre ladridos y charangas.

Inútil es decir que en la ciudad se hace un enorme comercio de gorras de caza. Hay hasta sombrereros que venden gorras agujereadas y desgarradas de antemano para uso de los torpes; pero no se sabe que las haya comprado nadie más que Bezuquet, el boticario. ¡Qué deshonra!

Como cazador de gorras, Tartarín no tenía rival. Todos los domingos por la mañana salía con una gorra nuevecita; todos los domingos por la tarde volvía con un pingajo. En la casita del baobab el desván estaba lleno de tan gloriosos trofeos. Por eso todos los tarasconeses le proclaman maestro, y como Tartarín se sabía de corrido el código del cazador, como había leído todos los tratados y manuales de todas las cazas posibles, desde la caza de la gorra hasta la del tigre de Birmania, aquellos señores le habían convertido en juez cinegético y le tomaban por árbitro en sus discusiones.

Todos los días, de tres a cuatro, veíase en medio de la tienda de Costecalde el armero —llena de cazadores de gorras, todos de pie peleándose— a un hombre regordete, muy serio, con la pipa entre los dientes, sentado en un sillón de cuero verde. Era Tartarín de Tarascón haciendo justicia; Salomón en figura de Nemrod.

III. ¡Na! ¡na! ¡na! Prosigue el vistazo general sobre la buena ciudad de Tarascón

A la pasión por la caza, la vigorosa raza tarasconesa unía otra pasión: la de las romanzas. Es increíble el número de romanzas que se consumen en aquel pueblo. Todas esas antiguallas sentimentales, que amarillean en las carpetas más vetustas, recobran allá en Tarascón su plena juventud, su más vivo esplendor. Todas están allí, todas. Cada familia tiene la suya, cosa sabida en la ciudad. Sabido es, por ejemplo, que la del boticario Bezuquet empieza:

Oh blanca estrella que adoro...
La del armero Costecalde:
Ven conmigo al país de las cabañas...
La del registrador:
Si fuese invisible, nadie me vería...

Y así sucesivamente para todo Tarascón. Dos o tres veces por semana hay reuniones en casa de unos o de otros y se las cantan.

Pero lo singular es que son siempre las mismas, y, a pesar de llevar tanto tiempo cantándoselas, los buenos tarasconeses jamás sienten deseo de cambiarlas. Se las transmiten, en las familias, de padres a hijos, y todo el mundo las respeta como cosa sagrada. Ni aun siquiera se las toman a préstamo. A los Costecalde, por ejemplo, nunca se les ocurriría cantar la de los

Bezuquet, ni a los Bezuquet cantar la de los Costecalde. Y, no obstante, figuraos si las conocerán, después de cuarenta años que llevan cantándoselas. Pero ¡nada!, cada cual guarda la suya, y todos tan contentos.

En lo de las romanzas, como en lo de las gorras, el primero en la ciudad era también Tartarín. La superioridad de nuestro héroe sobre sus conciudadanos consistía en esto: Tartarín de Tarascón no tenía la suya. Las tenía todas. ¡Todas!

Pero se necesitaba Dios y ayuda para hacérselas cantar. Desengañado de los éxitos de sociedad, al héroe tarasconés le gustaba más engolfarse en sus libros de caza, o pasar la velada en el casino, que presumir delante de un piano de Nimes entre dos bujías de Tarascón. Aquellos alardes musicales le parecían indignos de él... Sin embargo, algunas veces, cuando había música en la botica de Bezuquet, entraba como por casualidad, y, después de hacerse mucho de rogar, accedía a cantar el gran dúo de "Roberto el Diablo", con madame Bezuquet, la madre del boticario...

El que no ha oído aquello no ha oído nada... De mí sé decir que, aunque viviera cien años, toda mi vida estaré viendo al gran Tartarín acercarse al piano con paso solemne, reclinarse, haciendo su mueca peculiar, al resplandor verde de los botes del escaparate, e imitar con su faz bonachona la expresión satánica y feroz de Roberto el Diablo. Apenas tomaba la postura, todo el salón se estremecía; sentíase que iba a suceder algo... Entonces, después de un silencio, madame Bezuquet, la madre del boticario, empezaba a cantar, acompañándose:

Roberto, mi bien,

dueño de mi amor,

ya ves mi terror,

ya ves mi terror.

Perdón para ti,

perdón para mí.

Luego añadía en voz baja: "*Ande usted, Tartarín*", y Tartarín de Tarascón, con el brazo extendido, el puño cerrado, temblándole la nariz, decía por tres veces con voz formidable, que retumbaba como un trueno en las entrañas del piano: "¡*No!*... ¡*No!*... ¡*No!*", que, con el acento meridional pronunciaba: "¡*Na!*... ¡*Na!*... ¡*Na!*" A lo cual madame Bezuquet, madre, repetía otra vez: *Perdón para ti, Perdón para mí.* "¡*Na!*... ¡*Na!*... ¡*Na!*", berreaba Tartarín con toda su fuerza, y aquí terminaba todo.

Largo, como veis, no lo era; pero lanzaba tan bien su grito, era su ademán tan justo, tan diabólico, la mímica era tan expresiva, que un escalofrío de terror corría por la botica, y le hacían repetir sus "¡*Na!*... ¡*Na!*" cuatro o cinco veces.

Después, Tartarín se limpiaba la frente, sonreía a las señoras, hacía un guiño a los caballeros, y, retirándose triunfante, se iba al casino a decir con cierta negligencia: "Acabo de cantar el dúo de '*Roberto el Diablo*' en casa de los Bezuquet." Y lo más chistoso es que lo creía...

IV. ¡ELLOS!

A tantos y tan variados talentos debía Tartarín su elevada posición en la ciudad.

Lo cierto es que aquel demonio de hombre había sabido prender a todos. En Tarascón, el ejército estaba por él. El bizarro comandante Bravidá, capitán de almacenes, retirado, decía de él:

—¡Buena pieza está hecho!

Y ya comprenderéis que el comandante entendería de buenas piezas después de haber custodiado el paño de tantos uniformes.

La magistratura estaba también por Tartarín. El presidente Ladeveze había dicho dos o tres veces, en pleno tribunal, hablando de él:

—¡Es un hombre de carácter!

En fin, el pueblo entero estaba por Tartarín. La anchura de su espalda, sus ademanes, sus andares decididos, como los de un buen caballo de corneta que no se asusta del ruido; aquella reputación de héroe, que no se sabe de dónde le venía; algunos repartos de monedas y pescozones a los limpiabotas acostados delante de su puerta, le habían hecho el lord Seymour de la localidad, el rey de los mercados tarasconeses. En los muelles, los domingos por la tarde, cuando Tartarín volvía de caza, con la gorra colgada del cañón de la escopeta, bien ceñida la chaqueta de fustán, los cargadores del Ródano se inclinaban respetuosamente, y, mirando con el rabillo del ojo los bíceps gigantescos que subían y bajaban por los brazos del héroe, se decían muy bajito unos a otros, con admiración:

—¡Éste sí que es forzudo!... ¡Tiene "músculos dobles"!

Sólo en Tarascón se oyen cosas así.

Pues bien: a pesar de todo esto, a pesar de sus numerosas aptitudes, de sus músculos dobles, del favor popular y de la estimación preciosa del bizarro comandante Bravidá, excapitán de almacenes, Tartarín no era dichoso; aquella vida de pueblo le pesaba, le ahogaba. El grande hombre de Tarascón se aburría en Tarascón. El hecho es que, para una naturaleza heroica como la suya, para un alma aventurera y loca, que soñaba tan sólo con batallas, correrías en las pampas, grandes cazas, arenas del desierto, huracanes y tifones, hacer todos los domingos una batida a la gorra y actuar de juez en la tienda de Costecalde el armero, era bien poca cosa...

¡Pobre eminencia! Había para morirse de consunción, y, a la larga, tal hubiera sucedido.

Era inútil que para ensanchar sus horizontes y olvidar un poco el casino y la plaza del mercado se rodeara de baobabs y otras plantas africanas, o amontonara armas sobre armas, *kris* malayos sobre *kris* malayos; inútil que se atiborrara de lecturas novelescas, procurando, como el inmortal Don Quijote, librarse, por la fuerza de su ensueño, de las garras de la implacable realidad... ¡Ay!, cuanto hacía para aplacar su sed de aventuras sólo servía para aumentarla. La contemplación de todas aquellas armas le mantenía en perpetuo estado de cólera y excitación. Rifles, lazos y flechas le gritaban: "¡Batalla, batalla!"

El viento de los grandes viajes soplaba en las ramas de su baobab y le daba malos consejos. Y para remate, allí estaban Gustavo Aimard y Fenimore Cooper... ¡Cuántas veces, en las pesadas tardes de verano, mientras leía, solo, rodeado de sus aceros, cuántas veces se levantó Tartarín rugiente! ¡Cuántas veces arrojó el libro y se precipitó a la pared para descolgar una armadura!

El pobre hombre, olvidando que estaba en su casa de Tarascón, con la cabeza envuelta en un pañuelo de seda y en calzoncillos, ponía sus lecturas en acción, y exaltándose al oír el ruido de su propia voz, gritaba blandiendo un hacha o un *tomahawk*:

—¡Que vengan ellos ahora!

¿Ellos? ¿Quiénes eran ellos? Tartarín no lo sabía a punto fijo...

¡Ellos! era todo lo que ataca, lo que lucha, lo que muerde, lo que araña, lo que escalpa, lo que aúlla, lo que ruge... ¡Ellos! era el indio siux bailando alrededor del poste de guerra en que el desdichado blanco está atado. Era el oso gris de las Montañas Rocosas, que se contonea y se relame con la lengua llena de sangre. Era el tuareg de desierto, el pirata malayo, el bandido de los Abruzzos... En suma, ellos eran ¡ellos!; es decir, la guerra, los viajes, las aventuras, la gloria.

Pero, ¡ay!, en vano los llamaba, los desafiaba el intrépido tarasconés... Ellos jamás acudían. ¡Caramba! ¿Qué se les había perdido a ellos en Tarascón?

Sin embargo, Tartarín estaba siempre esperándolos, sobre todo por las noches, cuando iba al casino.

V. Cuando Tartarín iba al casino

El **caballero templario**, disponiéndose a hacer una salida contra el infiel que le sitia; el tigre chino, armándose para la batalla; el guerrero comanche, entrando en el sendero de la guerra, nada son al lado de Tartarín de Tarascón armándose de punta en blanco para ir al casino, a las nueve de la noche, una hora después de los clarines de la retreta.

¡Zafarrancho de combate!, como dicen los marinos.

En la mano izquierda se ajustaba Tartarín una llave inglesa con puntas de hierro, y en la derecha llevaba un bastón de estoque. En el bolsillo de la izquierda, un garrote; en el de la derecha, un revólver. En el pecho, entre la camisa y la camiseta, un *kris* malayo. Pero nunca cogía una flecha envenenada; eso, no. Son armas demasiado traidoras.

Antes de salir, en el silencio y la sombra de su despacho, se ejercitaba un momento en la esgrima; tirábase a fondo contra la pared y ponía en juego sus músculos. Después cogía la llave y atravesaba el jardín, gravemente, sin apresurarse —¡a la inglesa, señores, a la inglesa!—. Ese es el verdadero valor. Ya en el extremo del jardín abría la pesada puerta de hierro, bruscamente, con violencia, a fin de que fuese a dar fuera contra la tapia... Si ellos hubiesen estado escondidos detrás, ¡qué tortilla!... Pero, desgraciadamente, no estaban escondidos detrás.

Abierta la puerta, salía Tartarín, miraba rápidamente a derecha e izquierda, cerraba la puerta con dos vueltas de llave y.... andando.

Por la carretera de Aviñón, ni un gato. Puertas cerradas, ventanas sin luz. Todo estaba oscuro. De cuando en cuando un farol pestañeaba en la niebla del Ródano.

Arrogante y tranquilo, Tartarín de Tarascón caminaba en la oscuridad, taconeando y arrancando chispas de los adoquines con la acerada contera de su bastón. Por los bulevares, por las calles o las callejuelas, procuraba siempre echar por en medio del arroyo, excelente medida de precaución que permite ver de lejos el peligro y, sobre todo, evitar lo que por las noches suele caer algunas veces por las ventanas de las casas en Tarascón. Al verlo tan prudente, no vayáis a figuraros que Tartarín tenía miedo... ¡Nada de eso! Tartarín vigilaba.

La mejor prueba de que Tartarín no tenía miedo es que, en lugar de ir al casino por la avenida, iba por la ciudad, es decir, por lo más largo, por lo más oscuro, por una porción de callejuelas horribles, al cabo de las cuales relucen las siniestras aguas del Ródano. El infeliz esperaba siempre que al volver de una esquina saldrían ellos de la sombra para caer sobre él. Y os doy palabra de que hubieran sido bien recibidos... Pero, ¡ay!, por una irrisión del destino, Tartarín de Tarascón jamás tuvo la suerte de un mal encuentro. Ni siquiera un perro, ni siquiera un borracho. ¡Nada!

A veces una falsa alarma: ruido de pasos, voces ahogadas... "¡Alerta!", se decía Tartarín, y se quedaba clavado en el sitio, escrutando la sombra, husmeando como un lebrel y pegando el oído a la tierra, al modo indio... Los pasos se acercaban. Las voces se distinguían mejor... No había dudas, ellos llegaban... Ya estaban ellos allí, Y Tartarín, echando fuego por los ojos, con el pecho jadeante, recogíase en sí mismo, como un jaguar, y se disponía a dar el salto, lanzando su grito de guerra... pero, de pronto, del seno de la sombra salían amables voces tarasconesas que le llamaban tranquilamente:

—¡Chico!... ¡Mira!... Si es Tartarín... ¡Adiós, Tartarín!

¡Maldición! Era el boticario Bezuquet con su familia, que acababa de cantar la suya en casa de los Costecalde.

—Buenas noches —decía gruñendo Tartarín, furioso por su equivocación; y, huraño, con el bastón en alto, se hundía en la oscuridad.

Al llegar a la calle del casino, el intrépido tarasconés esperaba otro poco más paseándose arriba y abajo delante de la puerta, antes de entrar... Por fin, cansado de esperarlos, y convencido de que ellos no se presentarían, echaba la última mirada de desafío a la sombra, y murmuraba encolerizado:

—Nada!... ¡Nada! ¡Siempre nada!

Y dicho esto, el hombre entraba a echar su partidita con el comandante.

VI. Los dos Tartarines

Con tanta rabia de aventuras, necesidad de emociones fuertes y locura de viajes y correrías por el quinto infierno, ¿cómo diantre se explicaba que Tartarín de Tarascón no hubiese salido jamás de Tarascón?

Porque es un hecho. Hasta la edad de cuarenta y cinco años, el intrépido tarasconés no había dormido ni una noche fuera de su ciudad. Ni siquiera había emprendido el famoso viaje a Marsella con que todo buen provenzal se regala en cuanto es mayor de edad.

A lo sumo, es posible que hubiese estado en Beaucaire, y eso que Beaucaire no cae muy lejos de Tarascón, puesto que sólo hay que atravesar el puente. Mas, por desgracia, aquel demonio de puente se lo ha llevado tantas veces un ventarrón, y es tan largo y tan frágil, y el Ródano tan ancho en aquel sitio, que... ¡vamos!, ya os haréis cargo... Tartarín de Tarascón prefería la tierra firme.

Será necesario confesar que en nuestro héroe había dos naturalezas muy diferentes. "Siento dos hombres en mí", dijo no sé qué padre de la Iglesia. Y hubiera estado en lo firme con Tartarín, que llevaba en sí el alma de Don Quijote: iguales arranques caballerescos, el mismo ideal heroico, idéntica locura por lo novelesco y grandioso; pero, desdichadamente, no tenía el cuerpo del famoso hidalgo, aquel huesudo y enclenque; aquel pretexto de cuerpo, en que la vida material no tenía dónde agarrarse, capaz de resistir veinte noches seguidas sin desabrocharse la coraza y cuarenta y ocho horas con un puñado de arroz... El cuerpo de Tartarín, al contrario, era todo un señor cuerpo; gordo, pesado, sensual, blando, quejumbroso, lleno de apetitos burgueses y de exigencias domésticas; el cuerpo ventrudo y corto de piernas del inmortal Sancho Panza.

¡Don Quijote y Sancho Panza en el mismo hombre! ¡Malas migas debían hacer! ¡Qué de luchas! ¡Qué de rasguños!... Hermoso diálogo para escrito por Luciano, o por Saint Evremond, el de estos dos Tartarines, el Tartarín Quijote y el Tartarín Sancho. Tartarín Quijote exaltándose al leer los relatos de Gustavo Aimard, y exclamando: "*¡Me marcho!*" Tartarín Sancho pensando sólo en el reuma y diciendo: "*¡Me quedo!*"

Tartarín Quijote (muy exaltado): Cúbrete de gloria, Tartarín.

Tartarín Sancho (muy tranquilo): Tartarín, cúbrete de franela.

Tartarín Quijote (cada vez más exaltado): ¡Oh rifles de dos cañones! ¡Oh dagas, lazos, mocasines!

Tartarín Sancho (cada vez más tranquilo): ¡Oh chalecos de punto, medias de lana, soberbias gorras con orejeras!

Tartarín Quijote (fuera de sí): ¡Un hacha! ¡Venga un hacha!

Tartarín Sancho (llamando a la criada): Juanita. el chocolate.

En éstas, aparece Juanita con un excelente chocolate, caliente, irisado y oloroso, y unas suculentas tortas de anís, que hacen reír a Tartarín Sancho, ahogando los gritos de Tartarín Quijote.

Y así queda explicado por qué Tartarín de Tarascón no había salido nunca de Tarascón.

VII. Los europeos de Shanghái. El alto comercio.
Los tártaros. ¿será quizá Tartarín de Tarascón un
impostor? Espejismo

No obstante, una vez estuvo Tartarín a punto de emprender un viaje, un viaje muy largo.

Los tres hermanos Garcio-Camus, tarasconeses establecidos en Shanghái, le habían ofrecido la dirección de una factoría en aquel país. Aquélla era la vida a propósito para él. Negocios considerables, una muchedumbre de dependientes a quienes mandar, relaciones con Rusia, Persia, Turquía asiática..., el alto comercio, en suma. La expresión "alto comercio", en boca de Tartarín, ¡llegaba a una altura!...

Otra ventaja tenía, además, la casa de Garcio-Camus: la de recibir algunas veces la visita de los tártaros. Entonces, a cerrar las puertas de prisa; todos los empleados cogían las armas, se izaba la bandera consular, y, por las ventanas, ¡pim!, ¡pam!, contra los tártaros.

El entusiasmo con que Tartarín Quijote saltó al leer esta proposición no tendré que ponderároslo; por desgracia, Tartarín Sancho no oía de aquel oído, y, como era el más fuerte, no pudo arreglarse el negocio. En la ciudad dio mucho que hablar aquello. ¿Se irá? ¿No se irá? Apuesto a que sí, apuesto a que no. Fue un acontecimiento... Al cabo, Tartarín no se fue; sin embargo, aquella historia le honró mucho. Haber estado a punto de ir a Shanghái o haber ido, para Tarascón era casi lo mismo. A fuerza de hablar del viaje de Tartarín, acabaron por creer que ya estaba de vuelta, y por la noche, en el casino, todos aquellos señores le pedían noticias de la vida en Shanghái, de las costumbres, del clima, del opio y del alto comercio.

Tartarín, muy bien informado, daba cuantos pormenores le pedían; a la larga, el buen hombre no andaba ya muy seguro de no haber estado en Shanghái, y al contar por centésima vez la visita de los tártaros, llegó a decir con la mayor naturalidad: "Entonces, armo a mis dependientes, izo la bandera consular, y ¡pim!, ¡pam!, por las ventanas, contra los tártaros."

Y, al decir esto, todo el casino se estremecía...

—¿De manera que su Tartarín no era más que un solemne embustero?

—¡No, y mil veces no! Tartarín no era embustero...

—Pues bien sabría que nunca estuvo en Shanghái.

—Claro que lo sabía, pero...

Pero escuchen bien esto. Ya es hora de que nos entendamos de una vez para siempre con respecto a la reputación de embusteros que los del norte han dado a los meridionales.

En el mediodía de Francia no hay embusteros; no los hay en Marsella, ni en Nimes, ni en Toulouse, ni en Tarascón. El hombre del mediodía no miente, se engaña. No dice siempre la verdad; pero cree que la dice... Para él, su mentira no es mentira, es una especie de espejismo.

Sí, espejismo... Y para que me entiendan bien, vayan al mediodía y lo verán. Verán aquel demonio del país en que el sol lo transfigura todo y lo hace todo mayor que lo natural. Verán aquellos cerrillos de Provenza, no más altos que la loma de Montmartre, y les parecerán gigantescos. Verán la casa cuadrada de Nimes —una joyita de rinconera— que les parecerá tan grande como Notre-Dame.

Verán... ¡ah!, que el único embustero del mediodía, si es que hay alguno, es el sol... Todo lo que toca lo exagera... ¿Qué era Esparta en el tiempo de su esplendor? Un poblacho... ¿Y Atenas, qué fue? A lo sumo una subprefectura... y, no obstante, en la Historia nos aparecen como ciudades enormes. Tal es lo que de ellas ha hecho el sol...

Después de esto, ¿os asombraréis de que el mismo sol, cayendo sobre Tarascón, de un antiguo capitán de almacenes, como Bravidá, haya podido hacer el bravo comandante Bravidá; de un nabo, un baobab, y de un hombre que estuvo a punto de ir, un hombre que había estado en Shanghái?

VIII. Las fieras de Mitaine. Un león del Atlas en Tarascón. Terrible y solemne entrevista

Ya que hemos presentado a Tartarín de Tarascón tal como era en su vida privada, antes de que la gloria bajara a su frente para coronarla de laurel secular; ya que hemos narrado aquella vida heroica de un ambiente modesto, sus alegrías, dolores, sueños y esperanzas, apresurémonos a llegar a las grandes páginas de su historia y al singular acontecimiento en virtud del cual había de remontarse a tan incomparable destino.

Fue de anochecida, en casa del armero Costecalde. Tartarín de Tarascón enseñaba a unos aficionados el manejo del fusil de aguja, entonces de flamante novedad. De pronto se abre la puerta, y un cazador de gorras se precipita despavorido en la tienda gritando: "¡Un león!... ¡Un león!" Estupor general, espanto, tumulto, atropello. Caía Tartarín la bayoneta, corre Costecalde a cerrar la puerta. Rodean todos al cazador, le interrogan, le asedian, y he aquí lo que oyen: la colección de fieras de Mitaine, de regreso de la feria de Beaucaire, accediendo a parar unos días en Tarascón, acababa de instalarse en la Plaza del Castillo con multitud de boas, focas, cocodrilos y un magnífico león del Atlas.

¡Un león del Atlas en Tarascón! Nadie recordaba haber visto jamás cosa semejante.

¡Con qué arrogancia se miraban nuestros valientes cazadores de gorras! ¡Qué resplandores de júbilo en sus varoniles rostros y qué apretones de manos cambiaban silenciosamente en todos los rincones de la tienda de Costecalde! Tan grande e imprevista era la emoción, que ninguno sabía decir palabra...

Ni siquiera Tartarín. Pálido y tembloroso, sin soltar todavía el fusil de aguja, meditaba de pie delante del mostrador... ¡Un león del Atlas, allí, tan cerca, a dos pasos! ¡Un león! Es decir, el animal heroico y feroz por excelencia, el rey de las fieras, la caza de sus sueños, algo así como el primer galán de aquellos comediantes ideales, que tan bellos dramas le representaban en su imaginación... ¡Un león!... ¡Mil bombas!... ¡Y del Atlas! No era tanto lo que Tartarín podía soportar...

Un golpe de sangre se le subió de repente a la cara. Llamearon sus ojos. Con gesto convulsivo se echó al hombro el fusil de aguja, y volviéndose hacia el bizarro comandante Bravidá, capitán de almacenes retirado, le dice con voz de trueno:

—Vamos a verlo, comandante.

—¡Eh! ¡Tartarín!... ¡Eh!... ¡Mi fusil!... ¡Que se lleva usted mi fusil! —aventuró con timidez el prudente Costecalde.

Pero ya Tartarín había doblado la esquina, y detrás todos los cazadores de gorras marcando valientemente el paso.

Cuando llegaron a la casa de fieras ya había allí mucha gente. Tarascón, raza heroica, pero harto tiempo privada de espectáculos sensacionales, se había precipitado sobre la barraca de Mitaine tomándola por asalto, razón por la cual la señora de Mitaine, mujer muy gorda, estaba contentísima... En traje cabileño, desnudos los brazos hasta el codo, con ajorcas de hierro en los tobillos, un látigo en una mano y un pollo vivo, aunque desplumado, en la otra, la ilustre dama hacía los honores de la barraca a los tarasconeses, y como también ella tenía "músculos dobles", su éxito fue casi tan grande como el de las fieras, sus pupilas.

La entrada de Tartarín con el fusil al hombro causó escalofrío. Aquellos buenos tarasconeses, que se paseaban con toda tranquilidad frente a las jaulas, sin armas, sin desconfianza, y aun sin la menor idea del peligro, tuvieron un sobresalto de terror, muy natural, al ver entrar al gran Tartarín en la barraca con su formidable máquina de guerra. Luego había algo que temer, puesto que Tartarín, aquel héroe... Y en un santiamén todo el espacio delante de las jaulas quedó vacío. Los niños gritaban de miedo, las mujeres miraban a la puerta. El boticario Bezuquet hubo de escurrirse, diciendo que iba a buscar la escopeta...

Sin embargo, poco a poco, la actitud de Tartarín fue devolviendo tranquilidad a los ánimos. Sereno, alta la cabeza, el intrépido tarasconés dio vuelta lentamente a la barraca, pasó sin detenerse ante la tina de la foca, echó una desdeñosa ojeada al cajón largo, lleno de salvado, en que la boa digería el pollo crudo, y fue, por último, a plantarse ante la jaula del león...

¡Terrible y solemne entrevista! El león de Tarascón y el león del Atlas frente a frente...

De un lado, Tartarín, en pie, con la corva tirante y apoyados los brazos en el rifle; del otro, el león, un león gigantesco, de barriga en la paja, parpadeante, como embrutecido, con su enorme jeta de peluca amarilla, descansando sobre las patas delanteras... Los dos, impasibles, mirándose.

¡Cosa singular! Sea que el fusil de aguja le chocara, sea que oliese a un enemigo de su raza, el león, que hasta entonces había mirado a los tarasconeses con soberano desprecio, bostezándoles en las barbas, tuvo de pronto un movimiento de cólera. Primero husmeó, rugió sordamente, separó las garras y estiró las patas; después se levantó, irguió la cabeza, sacudió la melena, abrió una bocaza inmensa y lanzó hacia Tartarín un rugido formidable.

Un grito de espanto le respondió. Tarascón, despavorido, se precipitó hacia las puertas. Todos, mujeres, niños, mozos de cordel, cazadores de gorras, y aun el bizarro comandante Bravidá... Sólo Tartarín de Tarascón se estuvo quieto... Allí estaba, firme y decidido, ante la jaula, relampagueantes los ojos y con aquel terrorífico gesto que toda la ciudad conocía... Al cabo de un rato, cuando los cazadores de gorras, un poco tranquilizados por la actitud de Tartarín y por la solidez de los barrotes, se acercaron a su jefe, le oyeron que murmuraba, mirando al león:

—¡Esto sí que es una caza!

Aquel día, Tartarín de Tarascón no dijo más...

IX. Singulares efectos del espejismo

Aquel día, **Tartarín** de Tarascón no dijo más; pero demasiado el infeliz había dicho...

Al día siguiente no se hablaba en la ciudad más que de la marcha próxima de Tartarín a Argelia, a la caza de leones. Testigos sois, queridos lectores, de que el pobre no había dicho tal cosa; pero ya sabéis que el espejismo...

En suma: que sólo se hablaba en Tarascón de aquel viaje.

En el paseo, en el casino, en casa de Costecalde, los amigos se acercaban unos a otros como asustados:

—¿Ya sabéis la noticia?

—Por supuesto... La marcha de Tartarín, ¿verdad?

El hombre más sorprendido de la ciudad, al saber que se iba a África, fue Tartarín. Pero, ¡lo que es la vanidad! En lugar de responder sencillamente que no se iba, que nunca se le pasó tal pensamiento por la cabeza, el pobre Tartarín —la primera vez que le hablaron de aquel viaje— contestó con cierto aire evasivo: ¡Pse!... Es posible... No diré que no."

La segunda vez, un poco más familiarizado con la idea, respondió: "Es probable." La tercera vez: "Con toda seguridad."

En fin, por la noche, en el casino y en casa de los Costecalde, arrebatado por el ponche con huevo, las aclamaciones y las luces, embriagado por el éxito que el anuncio de su marcha tuvo en la ciudad, el desdichado declaró formalmente que estaba cansado de cazar gorras y que, sin tardar, iba a ponerse en persecución de los grandes leones del Atlas...

Un *¡hurra!* formidable acogió tal declaración. Y acto seguido otro ponche con huevos, apretones de manos, abrazos y serenatas con antorchas hasta media noche ante la casita del baobab.

Pero Tartarín Sancho no estaba contento. Aquella idea del viaje a África y de la caza del león le daba escalofríos por adelantado, y al volver a casa, mientras al pie de las ventanas se oía la serenata de honor, tuvo un altercado terrible con Tartarín Quijote, llamándole chiflado, visionario, imprudente, loco de atar; exponiéndole, con todos los pormenores, las catástrofes que le esperaban en aquella expedición, naufragios, reumas, fiebres, disenterías, peste, elefantiasis, etcétera.

En vano juraba Tartarín Quijote que no haría imprudencias, que se abrigaría bien, que llevaría todo lo necesario. Tartarín Sancho se negaba a escucharle. El pobre hombre ya se veía hecho trizas por los leones y enterrado en las arenas del desierto como el difunto Cambises; el otro Tartarín ni siquiera pudo apaciguarlo un poco diciéndole que no era cosa del momento, que nadie les metía prisa y que, en resumidas cuentas, aún no se habían marchado.

Claro es, en efecto, que para una expedición como aquélla nadie se embarca sin tomar algunas precauciones. ¡Qué diablo! Hay que saber adónde va uno y no echar a volar como un pájaro...

El tarasconés quiso leer, ante todo, los relatos de los grandes viajeros africanos, las narraciones de Mungo-Park, de Caillé, del doctor Livingstone, de Enrique Duveyrier[4].

Leyéndolas, supo que aquellos intrépidos viajeros, antes de calzarse las sandalias para las lejanas excursiones, se habían preparado con mucha anticipación para poder soportar hambre, sed, marchas forzadas y privaciones de todo género. Tartarín quiso hacer lo mismo, y desde aquel día empezó a tomar "agua hervida". En Tarascón llaman "agua hervida" a unas rebanadas de pan mojadas en agua caliente, con un diente de ajo, una pizca de tomillo y un poco de laurel. El régimen era severo. ¡Figuraos la cara que pondría el pobre Sancho!...

A este ejercicio del agua hervida añadió Tartarín de Tarascón otras sabias prácticas. Por ejemplo, para acostumbrarse a largas caminatas se obligó a dar todas las mañanas siete y ocho vueltas seguidas alrededor de la ciudad, unas veces a paso acelerado, otras a paso gimnástico, pegados los codos al cuerpo y con un par de chinitas blancas en la boca, como se hacía antiguamente.

Luego, para hacerse al fresco de la noche, a las nieblas, al relente, bajaba todas las noches al jardín, y allí se estaba hasta las diez o las once, solo, con el fusil, en acecho detrás del baobab...

---

[4] Todos ellos, grandes viajeros y exploradores de África en los siglos XVIII y XIX. (N. de la T.)

En fin, mientras la casa de fieras de Mitaine permaneció en Tarascón, los cazadores de gorras que trasnochaban en casa de Costecalde, cuando pasaban por la Plaza del Castillo, pudieron ver en la oscuridad a un hombre misterioso, paseo arriba y paseo abajo, detrás de la barraca.

Era Tartarín de Tarascón, que estaba acostumbrándose a oír sin temblar los rugidos del león en las tinieblas de la noche.

X. Antes de la marcha

Mientras **Tartarín se** ejercitaba con toda clase de medios heroicos, todo Tarascón tenía puestos los ojos en él; nadie se ocupaba en otra cosa. Apenas aleteaba ya la caza de gorras, y las romanzas descansaban. En la botica de Bezuquet, el piano languidecía bajo una funda verde, y las ampollas estaban puestas a secar encima, patas al aire... La expedición de Tartarín lo había paralizado todo...

Había que ver el éxito del tarasconés en los salones. Se lo arrancaban unos a otros, se lo disputaban, se lo pedían prestado, se lo robaban. No había honor más alto para una señora que el de ir a la casa de fieras de Mitaine del brazo de Tartarín y hacerse explicar delante de la jaula del león cómo hay que arreglárselas para cazar aquellas fieras tan grandes, adónde se ha de apuntar, a cuántos pasos, si suelen ocurrir accidentes, etcétera.

Tartarín daba cuantas explicaciones le pedían. Había leído a Julio Gerard y conocía al dedillo la caza del león, como si la hubiese practicado. Por eso hablaba de ella con tanta elocuencia.

Pero lo mejor era por las noches, después de la cena, en casa del presidente Ladeveze, o del bizarro comandante Bravidá, capitán de almacenes retirado, cuando servían el café y se acercaban todas las sillas y le hacían hablar de sus cazas futuras...

Entonces, de codos en el mantel, metiendo la nariz en la taza de moka, el héroe, con voz conmovida, iba refiriendo todos los peligros que en aquel país le esperaban: largos acechos sin luna, charcas pestilentes, ríos envenenados por la hoja de la adelfa, nieves, soles ardientes, escorpiones, plagas de langosta... Contaba también las costumbres de los grandes leones del Atlas, su manera de luchar, su vigor fenomenal y su ferocidad en la época del celo.

Después, exaltándose con su propio relato, se levantaba de la mesa, saltaba al centro del comedor, e imitando el rugido del león, un disparo de carabina, ¡pim!, ¡pam!; un silbido de bala explosiva, ¡pffit!, ¡pffit!, gesticulaba, rugía, tiraba las sillas...

Alrededor de la mesa, todos estaban pálidos. Mirábanse los hombres, meneando la cabeza; cerraban los ojos las señoras, dando gritos de espanto; los viejos blandían belicosamente sus largos bastones, y en el cuarto contiguo los chiquillos, que se acostaban temprano, despertándose sobresaltados por los rugidos y los tiros, tenían mucho miedo y pedían luz.

Pero, entre unas cosas y otras, Tartarín no se marchaba.

XI. ¡Estocadas, señores, estocadas! ¡Alfilerazos, no!

¿**Tenía verdadero propósito** de marcharse?... Pregunta delicada es ésta, a la que difícilmente podría contestar ni aun el historiador de Tartarín.

Es el caso que habían pasado más de tres meses que la casa de fieras de Mitaine se fue de Tarascón, y el cazador de leones no se movía... Quizá el cándido héroe, cegado por nuevo espejismo, se figurase de buena fe que ya había estado en Argelia. Tal vez, a fuerza de contar sus cazas futuras, imaginábase haberlas hecho, tan sinceramente como se imaginó haber izado la bandera consular y disparado contra los tártaros, ¡pim!, ¡pam!, en Shanghái.

Por desgracia, si Tartarín de Tarascón fue una vez más víctima del espejismo, no así los tarasconeses. Cuando, al cabo de tres meses de espera, advirtieron que el cazador no había hecho el baúl, empezaron a murmurar.

—Será como lo de Shanghái —decía Costecalde sonriendo.

Y el dicho del armero hizo furor en la ciudad, pues ya nadie creía en Tartarín.

Pero los más implacables eran los sencillos, los holgazanes, personas como Bezuquet, que hubieran echado a correr por miedo a una pulga y que no podían tirar un tiro sin cerrar los ojos. En la explanada o en el casino, se acercaban al pobre Tartarín, preguntándole en son de guasa:

—¿Cuándo? ¿Cuándo es la marcha?

En la tienda de Costecalde había perdido todo su crédito. Los cazadores de gorras renegaban de su jefe.

Luego empezaron los epigramas. El presidente Ladeveze, que en sus horas de ocio solía hacer la corte a la musa provenzal, compuso, en la lengua de la tierra, una canción que tuvo éxito. Trataba de cierto gran cazador, llamado maese Gervasio, cuya terrible escopeta había de exterminar hasta el último león de África. Por desgracia, aquella malhadada escopeta era de complexión singular: siempre la estaban cargando y el tiro nunca salía.

¡Nunca salía! ¿Se ve bien la alusión?

En un momento se hizo popular la canción, y cuando pasaba Tartarín, los cargadores en el muelle y los limpiabotas delante de su puerta, cantaban a coro:

La escopeta de Gervasio
la cargaban noche y día;
siempre la estaban cargando
y el tiro nunca salía.

Lo cantaban de lejos por aquello de los "músculos dobles". ¡Oh fragilidad de los entusiasmos de Tarascón!...

El hombre ilustre hacía como si no viese ni oyese nada; pero, en el fondo, aquella guerra mezquina, sorda y envenenada le afligía mucho. Sentía que Tarascón se le escapaba de las manos, que el favor popular pasaba a otras, y aquello le hacía sufrir horriblemente.

¡Ah! ¡Qué buena es la escudilla grande de la popularidad cuando uno la tiene delante; pero cómo escalda cuando se vierte!... Mas, a pesar de su aflicción, Tartarín sonreía y llevaba apaciblemente la misma vida, como si nada ocurriese.

Sin embargo, aquella máscara de alegre indiferencia, que por arrogancia se había puesto en la cara, se le caía de pronto algunas veces. Y entonces, en lugar de la risa, veíase la indignación y el dolor...

Por eso, una mañana en que los menudos limpiabotas cantaban bajo sus ventanas *La escopeta de Gervasio* las voces de aquellos miserables llegaron hasta el cuarto del pobre hombre en el momento en que estaba delante del espejo, afeitándose. Tartarín usaba barba tupida; pero, como era muy recia, tenía que repasarla.

De pronto, la ventana se abrió violentamente y apareció Tartarín en mangas de camisa, atado un pañuelo a la cabeza y embadurnado de jabón, blandiendo la navaja y el jaboncillo y gritando con voz formidable:

—¡Estocadas, señores, estocadas!... ¡Alfilerazos, no!

Hermosas palabras, dignas de la Historia, cuyo único defecto era el ir dirigidas a aquellos minúsculos *fouchtras*[5], no más altos que sus cajas de limpiabotas e hidalgos incapaces de coger una espada.

---

[5] Insulto intraducible al castellano. Se solía usar en francés para minimizar la importancia de alguien en cualquier terreno. (N. de la T.)

XII. De lo que se dijo en la Casita del Baobab

En medio de aquella defección general, sólo el ejército seguía defendiendo a Tartarín.

El bizarro comandante Bravidá, capitán de almacenes retirado, continuaba demostrándole igual estimación: "Es un valiente", se obstinaba en decir, y esta afirmación, a mi parecer, valía tanto como la de Bezuquet el boticario... El bizarro comandante ni siquiera una vez había aludido al viaje a África; pero cuando el clamor público subió de punto, se decidió a hablar.

Una tarde, el desgraciado Tartarín, solo en su despacho, pensando en cosas tristes, vio entrar al comandante, grave, con guantes negros, abrochado hasta las orejas.

—¡Tartarín! —dijo el retirado capitán con autoridad—. ¡Tartarín! ¡Hay que ponerse en camino!

Y se quedó de pie, en el marco de la puerta, rígido y alto como el deber. Tartarín de Tarascón comprendió todo lo que significaba aquel "¡Tartarín, hay que ponerse en camino!"

Se levantó, palidísimo, miró en derredor, con ojos enternecidos, aquel lindo despacho, bien cerradito, y lleno de calor y de suave luz, aquel ancho sillón tan cómodo, los libros, la alfombra, las cortinillas blancas de las ventanas, detrás de las cuales temblaban las menudas ramas de su jardincito; y luego, acercándose al bizarro comandante, le cogió la mano, la estrechó con energía, y con voz que nadaba en lágrimas, pero estoico, le dijo:

—¡Me pondré en camino, Bravidá!

Y se puso en camino, como prometió; pero no en seguida... Necesitaba tiempo para equiparse.

En primer lugar, encargó en casa de Bompard dos baúles muy grandes, forrados de cuero, con una extensa placa que llevaba esta inscripción:

> ### *TARTARÍN DE TARASCÓN*
> #### *Caja de armas*

Las operaciones de forrar y grabar las placas invirtieron mucho tiempo. Encargó también, en casa de Tastavín, un álbum magnífico de viaje, para escribir su diario, sus impresiones; porque, al fin y al cabo, aunque se cacen leones, no por eso deja uno de pensar mientras está en camino.

Mandó traer luego de Marsella todo un cargamento de conservas alimenticias: *pemmican*[6] en pastillas para hacer caldo, una tienda de campaña, nuevo modelo, que se montaba y desmontaba en un minuto, botas marinas, dos paraguas, un impermeable y gafas azules para evitar las oftalmías. Por último,

---

[6] Comida concentrada consistente en una base de carne seca pulverizada, bayas desecadas y grasas. Convenientemente envasado, el pemmican puede almacenarse durante largos periodos de tiempo. (N. de la T.)

el boticario Bezuquet le preparó un botiquín portátil, atiborrado de esparadrapos, árnica, alcanfor y vinagre de los cuatro ladrones[7].

¡Pobre Tartarín! Nada de aquello lo hacía para sí: a fuerza de precauciones y atenciones delicadas, esperaba calmar el furor de Tartarín Sancho, quien, desde que se decidió la marcha, no dejaba de torcer el gesto ni de día ni de noche.

---

[7] Tipo de vinagre aromático empleado en las recetas magistrales de farmacia. (N. de la T.)

XIII. La salida

Legó, por fin, el día solemne, el gran día.

Todo Tarascón estaba en pie desde la hora del alba, obstruyendo la carretera de Aviñón y las proximidades de la Casita del Baobab.

Ventanas, tejados y árboles rebosantes de gente; marineros del Ródano, mozos de cordel, limpiabotas, burgueses, urdidoras, costureras, el casino, en fin, toda la ciudad; además, personas de Beaucaire que habían pasado el puente, huertanos de la vega, tartanas, carretas de grandes bacas, viñadores en sus buenas mulas emperejiladas con cintas, lazos, borlas, penachos, cascabeles y campanillas, y hasta, de trecho en trecho, algunas lindas muchachas de Arlés, llevadas a la grupa por los galanes, adornadas con cintas azules alrededor de la cabeza, en caballitos de Camargue enfurecidos por la espuela.

Aquella multitud se estrujaba delante de la puerta de Tartarín, el buen señor Tartarín, que se iba a matar leones al país de los *teurs*.

Para los tarasconeses, Argelia, África, Grecia, Persia, Turquía, Mesopotamia..., todo esto formaba un país muy vago, casi mitológico, y le llamaban los *teurs*, los turcos.

En medio de aquella barahúnda, los cazadores de gorras iban y venían, orgullosos del triunfo de su jefe, abriendo al pasar como surcos gloriosos.

Delante de la Casa del Baobab, dos grandes carros. De cuando en cuando se abría la puerta, dejando ver algunas personas que se paseaban gravemente en el jardincito. Unos hombres salían con baúles, cajas, sacos de noche, y los amontonaban en los carros. A cada bulto que aparecía, la muchedumbre temblaba: "Tienda de campaña... Conservas... Botiquín... Cajas de armas...", iban diciendo en alta voz. Y los cazadores de gorras daban explicaciones.

De pronto, hacia las diez, se estremeció la multitud. La puerta del jardín giró sobre sus goznes violentamente.

—¡Él!... —exclamaron—. ¡Él!

Era él. Cuando apareció en el umbral, dos gritos de estupor salieron del gentío:

—¡Es un *teur*!...

—¡Lleva gafas!...

Efectivamente, Tartarín de Tarascón había creído que al ir a Argelia debía llevar traje argelino. Ancho pantalón bombacho de tela blanca; chaquetita ajustada, con botones de metal; faja roja, de dos pies de ancho, alrededor del estómago; cuello descubierto, la frente afeitada, y en la cabeza, una chechia[8] -un gorro encarnado- gigantesca y una borla tan larga... Con esto, dos

---

[8] La chechia es un tocado masculino usado por muchos pueblos árabes (en Túnez es el gorro tradcional). Se asemeja a la boina europea, aunque la chechia suele ser más redondeada y flexible (a diferencia del fez, que es rígido) y de color rojo bermellón. (N. de la T.)

pesados fusiles, uno en cada hombro; un cuchillo de monte al cinto, la cartuchera en el vientre, y en la cadera un revólver que se balanceaba en la funda de cuero, queda enumerado todo... ¡Ah!, se me olvidaban las gafas -enormes gafas azules-, que venían como de perilla para corregir en lo posible la apostura algo feroz de nuestro héroe.

—¡Viva Tartarín!... ¡Viva Tartarín! —aulló el pueblo.

El grande hombre sonrió pero no pudo saludar: se lo impedían los fusiles. Por otra parte, en aquel momento ya sabía a qué atenerse en aquello del favor popular, y hasta maldecía tal vez, allá en lo más hondo del alma, a sus terribles compatriotas, que le obligaban a emprender el viaje, a dejar su linda casita de paredes blancas, persianas verdes... Pero no lo dejaba ver.

Tranquilo y arrogante, aunque un poco pálido, salió a la calle, echó una mirada a los carros, y viéndolo todo en regla tomó gallardamente el camino de la estación, sin volver la cara ni siquiera una vez hacía la casa del baobab. Detrás de él marchaban el bizarro comandante Bravidá, capitán de almacenes retirado, y el presidente Ladeveze; después, el armero Costecalde y todos los cazadores de gorras, y, por último, el pueblo.

A la entrada del andén le esperaba el jefe de estación - veterano de África, de 1830-, quien le apretó la mano con calor varias veces.

El expreso París-Marsella no había llegado aún. Tartarín y su estado mayor entraron en las salas de espera, y para evitar la aglomeración de gente, el jefe de la estación mandó cerrar las verjas.

Más de un cuarto de hora estuvo Tartarín paseo va, paseo viene, por las salas, en medio de los cazadores de gorras, hablándoles de su viaje, de su caza y prometiendo enviarles pieles. Todos se apuntaron en su carnet solicitando una piel, como quien pide una contradanza.

Sereno y amable como Sócrates en el momento de beber la cicuta, el intrépido tarasconés tenía una palabra para cada cual, una sonrisa para todos. Hablaba sencillamente, en tono afable; parecía como si antes de partir hubiese querido dejar detrás de sí un reguero de encantos, pesares y buenos recuerdos. Oyendo hablar de tal manera a su jefe, a los cazadores de gorras se les arrasaban los ojos en lágrimas, y aun algunos, como el presidente Ladeveze y el boticario Bezuquet, sentían remordimientos.

Los mozos de la estación lloraban en los rincones, y fuera, el pueblo miraba a través de las verjas y gritaba:

—¡Viva Tartarín!

Por fin sonó la campana. Un fragor sordo, un silbido desgarrador conmovió las bóvedas... ¡Al tren! ¡Al tren!

—¡Adiós, Tartarín!... ¡Adiós, Tartarín!...

—¡Adiós a todos!... —murmuró el grande hombre, y en las mejillas del bizarro comandante Bravidá dio un beso simbólico a su querido Tarascón.

Inmediatamente se lanzó a la vía y subió a un departamento lleno de parisienses, que creyeron morirse de miedo al ver llegar a aquel hombre extraño con tantas carabinas y revólveres.

XIV. El puerto de Marsella. ¡Embarque! ¡Embarque!

El 1 de diciembre de 186..., a mediodía, con un sol de invierno provenzal, tiempo claro, brillante, espléndido, los marselleses, espantados, vieron desembocar en la Canebiére un *teur*, ¡lo que se llama un *teur*!... Jamás habían visto uno semejante, aunque bien sabe Dios que no faltan *teurs* en Marsella.

¿Será preciso decir que el *teur* de que se trata era Tartarín, el gran Tartarín de Tarascón, que iba por los muelles, seguido de sus cajas de armas, su botiquín y sus conservas, en busca del embarcadero de la Compañía Touache y del vapor *Zuavo*[9], en que se iba "allá"?

Sonoros aún en sus oídos los aplausos tarasconeses, embriagado por la luz del cielo y el olor del mar, Tartarín, radiante, con sus fusiles al hombro y la cabeza alta, iba mirando con ojos de asombro el maravilloso puerto de Marsella, que veía por primera vez y que le ofuscaba... El pobre creía estar soñando. Le parecía que se llamaba Simbad el Marino y que vagaba por alguna de aquellas ciudades fantásticas de las *Mil y una noches*.

---

[9] Zuavo era el nombre que recibían ciertos regimientos de infantería del ejército Frances colonial en el S. XIX y XX. Por extensión, los zuavos eran los integrantes de dichos regimientos. (N. del T.)

Una maraña de mástiles y vergas, cruzándose en todos sentidos hasta perderse de vista. Pabellones de todos los países: rusos, griegos, suecos, tunecinos, americanos... Los buques al ras del muelle, los baupreses en la orilla, como hileras de bayonetas. Por debajo, las náyades, diosas, vírgenes y otras esculturas de madera pintada, que dan nombre a las naves; todo aquello comido por el agua del mar, devorado, chorreando, mohoso... De trecho en trecho, entre los barcos, pedazos de mar, como grandes cambiantes manchados de aceite... Entre aquel enredijo de vergas, nubes de gaviotas que ponían preciosas manchas en el cielo azul, y grumetes que se llamaban unos a otros en todas las lenguas.

En el muelle, entre arroyuelos procedentes de las jabonerías, verdes, espesos, negruzcos, cargados de aceite y de sosa, todo un pueblo de aduaneros, comisionistas y cargadores con sus carromatos, tirados por caballitos corsos.

Almacenes de caprichosas ropas hechas; barracas ahumadas, donde los marineros se hacían la comida; vendedores de pipas, vendedores de monos, papagayos, cuerdas, tela para velas; baratillos fantásticos en los que se ostentaban, en confuso revoltijo, viejas culebrinas, grandes linternas doradas, grúas de desecho, áncoras desdentadas, cuerdas, poleas, bocinas, catalejos, todo del tiempo de Juan Bart y de Duguay-Trouin. Vendedoras de almejas y mejillones, en cuclillas y chillando al lado de sus mariscos. Marineros pasando con tarros de alquitrán, marmitas humeantes o grandes cenachos llenos de pulpos, que llevaban a lavar en el agua blanquecina de las fuentes.

Por todas partes un prodigioso hacinamiento de mercancías de todas clases: sedas, minerales, carritos de madera, salmones de plomo, paños, azúcar, algarrobas, colza, regaliz, caña de azúcar... El Oriente y el Occidente revueltos. grandes montones de quesos de Holanda, que las genovesas teñían de rojo con las manos.

Más allá, el muelle del trigo; mozos descargando sacos en la orilla, de lo alto de grandes andamiadas. El trigo, torrente de oro, se vertía entre una humareda rubia. Hombres con fez rojo, cribándolo en grandes cedazos de piel de burro y cargándolo en carros que se alejaban seguidos de un regimiento de mujeres y chicos con escobillas y cestas de mimbres... Más lejos, el dique de carenar; barcos tendidos de costado y chamuscándolos con malezas para quitarles las hierbas marinas, hundidas las vergas en el agua; olor de resma, ruido ensordecedor de carpinteros que forraban el casco de los navíos con grandes planchas de cobre...

A veces, entre los mástiles, un claro. Entonces Tartarín veía por él la entrada del puerto, el ir y venir de barcos, una fragata inglesa que salía para Malta, rozagante y bien lavada, con oficiales de guante amarillo, o bien un alto bergantín marsellés, desatracando en medio de gritos y juramentos, y a popa un capitán gordo, de levita y sombrero de seda, que mandaba la maniobra en provenzal.

Navíos que se iban corriendo a velas desplegadas. Otros, allá, muy lejos, que arribaban lentamente, a pleno sol, como sostenidos en el aire.

Y en todo momento un alboroto horrible, rodar de carretas, el "¡eh!, ¡iza!" de los barqueros, juramentos, canciones, silbidos de los buques de vapor, tambores y cornetas del fuerte de San Juan y del de San Nicolás, campanas de la Mayor, de las Accoules y de San Víctor; y por encima de todo esto, el maestral, que recogía todos aquellos ruidos, todos aquellos clamores, los echaba a rodar, los sacudía, los confundía con su propia voz, y componiendo con todo ello una música loca, salvaje y heroica, como la gran charanga del viaje, que daba ganas de marcharse lejos, muy lejos, de tener alas.

Al son de tan espléndida charanga se embarcó el intrépido Tartarín de Tarascón para el país de los leones...

—

EPISODIO SEGUNDO

EN EL PAÍS DE LOS *TEURS*

I. La travesía. Las cinco posturas de la chechia. La tarde del tercer día. Misericordia

Quisiera, **lectores queridos**, ser pintor, y gran pintor, para poneros ante los ojos, a la cabeza de este episodio segundo, las diferentes posturas que tomó la chechia de Tartarín de Tarascón en aquellos tres días de travesía que pasó a bordo del *Zuavo*, entre Francia y Argelia.

Os la mostraría primero al zarpar, sobre cubierta, heroica y soberbia como ella sola, hecha nimbo de aquella hermosa cabeza tarasconesa. Os la enseñaría después a la salida del puerto, cuando el *Zuavo* empezó a caracolear sobre las olas; os la pintaría temblorosa, asombrada, como si presentase ya los primeros síntomas del mareo.

Luego, en el golfo de León, según se va entrando en alta mar, cuando ésta se formaliza, os la dejaría ver en lucha con la tempestad, levantándose asustada sobre el cráneo del héroe, con su gran borla de lana azul erizada en la bruma y la borrasca... Cuarta posición. Las seis de la tarde: costas de Córcega a la vista. La infortunada chechia se inclina por encima del empalletado y, lamentablemente, mira y sonda el mar... Por último, quinta y postrera posición: en el fondo de un estrecho camarote, en una litera que parece un cajón de cómoda, algo informe y desolado rueda quejumbroso por la almohada. Es la chechia, la que fue heroica chechia al zarpar, y reducida al vulgar estado de gorro de dormir, hundido hasta las orejas en una cabeza de enfermo, descolorida y convulsa...

¡Ah! Si los tarasconeses hubiesen podido ver a su gran Tartarín, tumbado en el cajón de cómoda bajo la pálida y triste luz que caía de las portillas, entre aquel insulso olor de cocina y de madera mojada, repugnante olor de barco; si le hubiesen oído jadear a cada vuelta de la hélice, pedir té cada cinco minutos, y jurar contra el mozo con vocecita de niño, ¡cómo se hubieran arrepentido de haberle obligado a partir!... Pues —palabra de historiador— el pobre *teur* movía a lástima.

Sorprendido de pronto por el mareo, el infortunado no tuvo valor para aflojarse la faja argelina ni para desprenderse de su arsenal. El cuchillo de monte, de grueso mango, le rompía el pecho; el cuero del revólver le mortificaba las piernas, y, para remate, los refunfuños de Tartarín Sancho, que no cesaba de gimotear y echar pestes:

—¡Anda allá, imbécil!... ¡Ya te lo decía yo!... ¡Quisiste ir a África! Pues, ea, ¡ahí tienes tu África!... ¿Qué te parece?

Pero lo más cruel era que desde el fondo de su camarote y de sus gemidos, el infeliz oía a los pasajeros del salón principal reír, comer, cantar y jugar a las cartas. La sociedad era tan alegre como numerosa a bordo del *Zuavo*. Oficiales que iban a incorporarse a sus regimientos, estrellas del Alcázar de Marsella, cómicos, un musulmán rico que volvía de la Meca, un príncipe montenegrino, muy bromista, que imitaba a Ravel y a Gil Perés...

Ni uno se mareaba, y todos mataban el tiempo bebiendo champaña con el capitán del *Zuavo*, perfecto tipo marsellés, que tenía familia en Argel y en Marsella y respondía al alegre nombre de Barbassou. Tartarín de Tarascón odiaba a todos aquellos miserables. La alegría de ellos redoblábale el mal.

Por fin, en la tarde del tercer día se produjo a bordo extraordinario movimiento, que sacó a nuestro héroe de su largo sopor. Sonó la campana de proa y oyéronse las recias botas de los marineros correr sobre cubierta.

—¡Máquina adelante!... ¡Máquina atrás! —gritaba la voz ronca del capitán Barbassou.

Y después: "¡Máquina! ¡Alto!" Parada repentina, una sacudida, y luego, nada... Nada más que el vapor balanceándose de costado, como un globo en el aire...

Aquel extraño silencio espantó al tarasconés.

—¡Misericordia! ¡Nos vamos a pique! —exclamó con voz terrible, y redoblando sus fuerzas por arte de magia, saltó de su litera y se precipitó sobre cubierta con todo su arsenal.

II. ¡A las armas! ¡A las armas!

No zozobraban; habían llegado.

Acababa el *Zuavo* de entrar en la rada, bella bahía de aguas sombrías y profundas; pero silenciosa, triste, casi desierta. Enfrente, sobre una colina, Argel la blanca, con sus casitas de blanco mate que bajan hacia el mar, apretadas unas contra otras. Inmenso tendedero de ropa blanca en la ribera de Meudon.

Y encima de todo, un cielo de raso azul, y ¡qué azul!...

El ilustre Tartarín, algo repuesto de su espanto, miraba el paisaje, escuchando con respeto al príncipe montenegrino, que, de pie a su lado, iba nombrándole los diferentes barrios de la ciudad: la Casbah, la ciudad alta, la calle de Bab-Azún. ¡Qué bien educado aquel príncipe montenegrino! Además, conocía a fondo Argelia y hablaba el árabe correctamente. Tartarín se propuso cultivar su amistad... De pronto, a lo largo del empalletado, en el cual se apoyaban, distinguió el tarasconés una hilera de manzanas negras que se agarraban por fuera. Casi al mismo tiempo, una cabeza de negro apareció delante de él, y antes de que hubiese tenido tiempo de abrir la boca, la cubierta se halló invadida por todas partes por un centenar de piratas, negros, amarillos, medio desnudos, horrorosos, terribles.

Ya conocía Tartarín a aquellos piratas... Eran *ellos*, aquellos famosos ellos que con tanta frecuencia había buscado por las noches en las calles de Tarascón. Al fin se decidían a aparecer...

Primeramente, la sorpresa le dejó clavado en el sitio. Pero cuando vio que *ellos* se precipitaban sobre los equipajes, arrancaban la tela de lona que los cubría y empezaban el saqueo del barco, el héroe despertó, y desenvainando el cuchillo de monte:

—A las armas! ¡A las armas! —gritó a los viajeros, y fue el primero en caer sobre los piratas.

—*Qués acó?* ¿Qué es eso? ¿Qué le pasa? —preguntó el capitán Barbassou, que en aquel momento bajaba del puente.

—¡Ah capitán!... ¡De prisa, de prisa!... ¡Arme usted a sus hombres!...

—¿Para qué, *boun Diou?*

—Pero ¿no lo ve usted?

—¿Qué?

—Ahí, delante de usted..., ¡los piratas!

El capitán Barbassou le miró alelado. En aquel instante, un negrazo pasaba delante de ellos, corriendo, con el botiquín del héroe sobre las espaldas...

—¡Miserable!... ¡Espera! —rugió el tarasconés; y se lanzó sobre él con la daga en alto.

Barbassou le paró al vuelo, y, agarrándole de la faja, le dijo:

—Pero, trueno de Dios, estése quieto... No hay tales piratas. Hace mucho tiempo que ya no quedan... Son cargadores.

—¡Cargadores!

—Sí; ganapanes, que vienen a buscar los equipajes para llevarlos a tierra... Envaine usted, pues, el cuchillo, deme el billete y vaya detrás de ese negro, que es un buen muchacho, y él le llevará a tierra, y aun al hotel, si usted quiere...

Tartarín, un poco azorado, dio el billete y, siguiendo al negro, bajó por la escalerilla a una barcaza que bailaba al costado del buque. Allí estaba ya todo su equipaje: baúles, cajas de armas, botiquín, conservas alimenticias... Como ocupaban toda la barca, no hubo necesidad de esperar a otros pasajeros. El negro se encaramó sobre los bultos y allí se acurrucó como un mono, con las rodillas entre las manos. Otro negro cogió los remos... Los dos miraban a Tartarín riendo y mostrando sus blancos dientes.

De pie en la popa, con aquel terrible gesto que era el terror de sus paisanos, el gran tarasconés acariciaba febrilmente el mango de su cuchillo; porque, a pesar de lo que Barbassou le dijo, sólo a medias se había tranquilizado con respecto a las intenciones de aquellos cargadores de piel de ébano, que tan poco se parecían a los simpáticos mozos de cuerda de Tarascón...

Cinco minutos después, la barcaza llegaba a tierra, y Tartarín ponía el pie en aquel muelle berberisco en que, trescientos años antes, un galeote español llamado Miguel de Cervantes, bajo el látigo de la chusma argelina, preparaba cierta sublime novela que había de llamarse *El Quijote*.

III. Invocación a Cervantes. Desembarco. ¿Dónde están los teurs? No hay teurs. Desilusión

¡Oh, **Miguel de** Cervantes Saavedra! Si es cierto lo que dicen, que en los lugares en que han vivido los grandes hombres, algo de ellos flota en el aire hasta el fin de los tiempos, lo que de ti quedaba en aquella playa berberisca debió de estremecerse de gozo al ver desembarcar a Tartarín de Tarascón, tipo maravilloso de francés del mediodía, en quien encarnaban los dos héroes de tu libro: Don Quijote y Sancho Panza...

El aire estaba caluroso aquel día. En el muelle, inundado de sol, cinco o seis aduaneros; argelinos que esperaban noticias de Francia; moros en cuclillas, que fumaban en largas pipas; marineros malteses que tiraban de unas vastas redes, entre cuyas mallas relucían millares de sardinas como si fuesen moneditas de plata.

Pero en cuanto Tartarín puso el pie en tierra, el muelle se animó, cambió de aspecto. Una bandada de salvajes, más horribles aún que los piratas del barco, se levantó de entre los guijarros de la orilla y se lanzó sobre el viajero. Robustos árabes, desnudos bajo sus mantas de lana; moritos harapientos, negros, tunecinos, mahoneses, morabitos, mozos de hotel con delantal blanco, todos gritando, dando aullidos, agarrándose en las ropas del tarasconés y disputándose sus equipajes; uno se lleva sus conservas; otro, su botiquín, y todos, en fantástica algarabía, arrojándole al rostro nombres de hoteles inverosímiles.

Aturdido por todo aquel tumulto, el pobre Tartarín iba, venía, echaba pestes, juraba, se agitaba, corría detrás de sus equipajes, y no sabiendo cómo hacerse entender por aquellos bárbaros, los arengaba en francés, en provenzal y aun en latín, latín macarrónico: *Rosa, rosae; bonus, bona, bonum...*, todo lo que sabía... Trabajo perdido. Nadie le escuchaba... Felizmente, un hombrecito con túnica de cuello amarillo y armado de largo bastón intervino, como un dios de Homero, en la contienda y dispersó toda aquella chusma a bastonazos. Era un guardia municipal argelino. Con mucha cortesía invitó a Tartarín a que fuese al hotel de Europa, y lo confió a unos mozos de aquel hotel, que le llevaron junto con sus equipajes en varias carretillas.

A los primeros pasos que Tartarín de Tarascón dio por Argel, abrió los ojos de par en par. Se había figurado una ciudad oriental, maravillosa, mitológica, algo así como un término medio entre Constantinopla y Zanzíbar..., y caía en pleno Tarascón... Cafés, restaurantes, calles anchas, casas de cuatro pisos, una plazuela solada de empedrado en que los músicos militares tocaban polcas de Offenbach; caballeros en sillas bebiendo cerveza con pan salado; señoras, algunas mujeres galantes y luego militares..., ¡pero ni un *teur*!... El único *teur* era él... Por eso se vio algo apurado para atravesar la plaza. Todos le miraban. Los músicos militares se pararon, y la polca de Offenbach se quedó con un pie en el aire.

Con ambos fusiles al hombro y revólver al cinto, feroz y majestuoso como Robinson Crusoe, Tartarín pasó gravemente por entre aquellos grupos, pero al llegar al hotel le abandonaron las fuerzas. La salida de Tarascón, el puerto de Marsella, la travesía, el príncipe montenegrino, los piratas, todo se confundía dándole vueltas en la cabeza...

Hubo que subirle a su cuarto, desarmarle, desnudarle... Y aún se trató de avisar al médico. Pero en cuanto echó la cabeza en la almohada empezó a roncar tan alto y de tan buena gana que el fondista consideró innecesarios los socorros de la ciencia, y todos se retiraron discretamente.

IV. El primer acecho

Las tres daban en el reloj del Gobierno cuando despertó Tartarín. Había estado durmiendo todo el anochecer, toda la noche, toda la mañana y un buen pedazo de aquella tarde. ¡Justo es decir que buena la había corrido la chechia durante tres días!...

El primer pensamiento del héroe al abrir los ojos fue éste: "¡Estoy en la tierra del león!" Y ¿por qué no decirlo? Ante la idea de que los leones estaban tan cerca, a dos pasos, casi a la mano, y que iban a darle quehacer, ¡brrr!.., un frío mortal le sobrecogió y se arrebujó intrépidamente con las sábanas.

Pero, al cabo de un momento, la alegría de la calle, el cielo tan azul, el sol que inundaba el cuarto, el buen almuerzo que se hizo servir en la cama, teniendo abierta la ventana grande que daba al mar, y todo ello regado con una botella de excelente vino de Crescia, le devolvió pronto su antiguo heroísmo.

—¡Al león!, ¡al león! —exclamó, tirando las sábanas y vistiéndose rápidamente.

He aquí cuál era su plan: salir de la ciudad sin decir nada a nadie, lanzarse en pleno desierto, esperar la noche, emboscarse y, al primer león que pasara, ¡pim!, ¡pam!... Luego, volver al otro día a almorzar al hotel de Europa, recibir las felicitaciones de los argelinos y preparar una carreta para ir en busca del animal.

Armóse, pues, a toda prisa, se enrolló a la espalda la tienda de campaña, cuyo mástil le subía más de un pie por encima de la cabeza, y rígido como una estaca bajó a la calle. Allí, sin querer preguntar el camino a nadie, para no dejar traslucir sus proyectos, dio media vuelta a la derecha, siguió hasta el extremo los porches de Bab-Azún, en los cuales, desde el fondo de sus negras tiendas, nubes de judíos argelinos, emboscados en los rincones como arañas, le veían pasar; atravesó la Plaza del Teatro, entró en el arrabal y, por fin, llegó a la polvorienta carretera de Mustafá.

¡Qué barahúnda en aquella carretera!

Ómnibus coches de punto, carricoches, furgones de transporte, grandes carretas de heno tiradas por bueyes, escuadrones de cazadores de África, rebaños de borriquillos microscópicos, negras vendiendo galletas, coches de emigrantes alsacianos, espahís[10] de capas rojas, todo aquello desfilando en un torbellino de polvo, en medio de gritos, cantos y trompetas, por entre dos filas de malas barracas, donde se veían robustas mahonesas peinándose delante de las puertas; tabernas llenas de soldados, carnicerías, matarifes...

"¿Qué me cuentan a mí de su Oriente? —pensaba el gran Tartarín—. ¡Ni siquiera hay tantos *teurs* como en Marsella!"

De pronto vio pasar a su vera, alargando las patazas y pavoneándose, un soberbio camello. El corazón le dio un vuelco. ¿Camellos ya? Pues los leones no andarían lejos; y, en efecto, al

---

[10] Tropas argelinas coloniales, formadas por nativos y leales a Francia. (N. de la T.)

cabo de cinco minutos vio llegar hacia donde él estaba, con las escopetas al hombro, toda una tropa de cazadores de leones.

"¡Cobardes! —se dijo nuestro héroe al pasar junto a ellos—, ¡cobardes! ¡Ir al león en cuadrilla!..., ¡y con perros!"

Porque él jamás hubiera imaginado que en Argelia pudiera cazarse otra cosa sino leones. Aquellos cazadores, sin embargo, tenían tan buen aspecto de comerciantes retirados, y además aquella manera de cazar el león con perros y morrales era tan patriarcal, que el tarasconés, algo intrigado, se creyó en el deber de interrogar a uno de aquellos señores.

—¿Qué tal, compañero, buena caza?

—Regular —respondió el interpelado, mirando con espanto el considerable armamento del guerrero tarasconés.

—¿Ha matado usted?

—Claro que sí..., algunas piezas... Vea usted.

Y el cazador argelino le mostró el morral, hinchado de conejos y chochas.

—Pero... ¿cómo? ¿Las lleva usted en el morral?

—Pues ¿dónde quiere usted que las lleve?

—¡Vamos!... ¡Serán... pequeñitos!...

—Pequeños y grandes —respondió el cazador.

Y como tenía prisa de volver a casa, se juntó a sus compañeros a grandes zancadas.

El intrépido Tartarín se quedó plantado de estupor en medio de la carretera... Y luego, después de un momento de reflexión, se dijo: "¡Bah!... Son unos embusteros... Estos no han cazado nada...", y continuó su camino.

Las casas iban haciéndose más raras, y los transeúntes también. Caía la tarde; los objetos empezaban a confundirse... Tartarín de Tarascón siguió andando como una media hora. Por fin se detuvo. Era noche. Noche sin luna, acribillada de estrellas. En la carretera, ni un alma. Sin embargo, el héroe pensó que los leones no son diligencias y no suelen echar por la carretera adelante. Y siguió a campo traviesa. A cada paso, zanjas, malezas y zarzas. ¡No importa! ¡Adelante, adelante!... De pronto, ¡alto! "Por aquí ya huele a león", se dijo nuestro hombre, y husmeó fuertemente a derecha e izquierda.

V. ¡Pim! ¡Pam!

Era un desierto grande, salvaje, erizado enteramente de plantas raras, plantas de Oriente, que parecen bichos malos. Al discreto resplandor de las estrellas, su sombra, agrandada, se extendía por el suelo en todos sentidos. A la derecha, la masa confusa y pesada de una montaña, ¡el Atlas!... A la izquierda, el mar invisible, que rugía sordamente... Albergue tentador para las fieras...

Con una escopeta delante y otra en la mano, Tartarín de Tarascón hincó una rodilla en tierra y esperó... Esperó una hora, dos horas... ¡Nada!

Entonces recordó que, en sus libros, los grandes cazadores de leones nunca salían de caza sin llevar algún corderillo; lo ataban a pocos pasos delante y le hacían balar, tirándole de la pata con una cuerda. Y como él no tenía corderillo, se le ocurrió imitarlo y se puso a balar con voz temblorosa: "¡Be!... ¡Be!

Primero suavemente, porque en el fondo del alma tenía una pizca de miedo de que el león le oyese; pero viendo que no venía, baló más fuerte: "¡Be!... ¡Be!" ¡Tampoco!... Impaciente, repitió a más y mejor, varias veces seguidas: "¡Be!... ¡Be!... ¡Be!..", con tal fuerza, que aquel corderillo acabó por parecer un buey.

De pronto, a pocos, pasos delante de él, cayó algo negro y gigantesco... Él permaneció callado. Aquello se bajaba, olfateaba el suelo, saltaba, daba vueltas, arrancaba al galope; después, volvía y se paraba en seco... Era el león, no cabía duda. Ya se le veían muy bien las cuatro patas cortas, la cerviz formidable y dos ojos, dos ojazos que brillaban en la sombra. ¡Apunten! ¡Fuego! ¡Pim! ¡Pam!... Se acabó. Inmediatamente, un salto atrás y el cuchillo de caza en la mano.

Un aullido horrible respondió al disparo del tarasconés. "¡Ya ha caído!", gritó el buen Tartarín, y, agachado sobre sus fuertes piernas, preparóse, a recibir a la fiera; pero ésta había recibido más de lo justo y huyó al galope chillando. No obstante, el héroe no se movió. Esperaba a la hembra..., como decían sus libros.

Pero, desgraciadamente, la hembra no apareció. Al cabo de dos o tres horas de espera, el tarasconés se cansó. La tierra estaba húmeda, la noche iba refrescando y el airecillo del mar picaba.

"¡Si echara un sueñecito hasta que llegue el día!", se dijo, y para evitar un reuma, recurrió a la tienda de campaña... Pero ¡demonio de tienda! Era de un sistema tan ingenioso, tan ingenioso, que no pudo conseguir abrirla. En vano estuvo más de una hora rompiéndose los cascos y sudando; la condenada tienda no se abría. Hay paraguas que, cabalmente cuando llueve a cántaros, gozan en hacernos jugarretas por el estilo. Así le ocurrió al tarasconés con la tienda y, cansado de luchar, la arrojó al suelo y se acostó encima de ella, jurando como buen provenzal que era.

—¡*Ta ra rá; ta ra rí*!

—*Qués acó*? —exclamó Tartarín, despertándose sobresaltado.

Eran las cornetas de los cazadores de África, que tocaban diana en los cuarteles de Mustafá... El matador de leones, estupefacto, se frotó los ojos. ¡Él, que se creía en el desierto!... ¿Sabes, lector, dónde estaba? En un bancal de alcachofas, entre un plantío de coliflores y otro de remolachas.

Su Sahara tenía hortalizas... Muy cerca de él, en la linda pendiente verde del Mustafá superior, unos hoteles argelinos, muy blancos, brillaban con el rocío del amanecer. Cualquiera hubiera creído que estaba en los alrededores de Marsella, entre bastides y bastidons[11]. El aspecto burgués y hortícola de aquel paisaje adormecido admiró mucho al pobre hombre y le puso de muy mal talante.

"Esta gente está loca —se decía—. ¡Mire usted que plantar alcachofas teniendo por vecino al león! Porque yo no he soñado. Los leones vienen hasta aquí... Ahí está la prueba..."

La prueba eran unas manchas de sangre que el animal había dejado detrás de sí. Inclinado sobre aquella pista ensangrentada, ojo avizor y revólver en mano, el valiente tarasconés, de alcachofa en alcachofa, llegó a un reducido campo de avena... Hierba pisada, un charco de sangre, y en medio del charco, tendido de costado, con una ancha herida en la cabeza, un... ¡Adivinad lo que era!...

—¡Cáscaras, un león!...

---

[11] Tipos de castillos medievales típicos de la Provenza francesa. (N. de la T.)

—No! Un borriquillo, uno de esos borriquillos menudos, tan comunes en Argelia, donde los designan con el nombre de *burriquots.*

VI. Llegada de la hembra. Terrible combate. Buena pieza

El primer movimiento de Tartarín al contemplar el aspecto de su desgraciada víctima fue de despecho. ¡Hay, en efecto, tanta distancia de un león a un burriquot! Su segundo movimiento fue de compasión. ¡Era tan bonito aquel borriquillo! ¡Parecía tan bueno! La piel de sus ijares, todavía caliente, se levantaba y caía como una ola. Arrodillóse Tartarín, y con la punta de su faja argelina trató de restañar la sangre del animalito. Y aquel grande hombre curando al borriquillo ofrecía un espectáculo verdaderamente conmovedor.

Al contacto sedoso de la faja, el borriquillo, que aún tenía un resto de vida, abrió sus ojazos grises y movió dos o tres veces sus largas orejas como para decirle: "¡Gracias!... ¡Gracias!..." Después, la última convulsión le agitó desde la cabeza al rabo y se quedó sin movimiento.

—¡Negrillo! ¡Negrillo! —gritó de pronto una voz estrangulada por la angustia, al mismo tiempo que se movían las ramas de unas matas próximas...

Tartarín apenas tuvo tiempo para levantarse y ponerse en guardia... ¡Era la hembra!...

La hembra, que llegaba, terrible y rugiente, bajo la apariencia de una vieja alsaciana con marmota, blandiendo un gran paraguas rojo, muy grande, y reclamando su borriquillo a todos los ecos de Mustafá. Más le hubiera valido, por cierto, a Tartarín habérselas con una leona furiosa que con aquella mala vieja. En vano procuró el desventurado darle a entender cómo había acaecido el suceso: que había tomado a Negrillo por un león... La vieja creyó que quería burlarse de ella, y lanzando enérgicos juramentos, cayó sobre el héroe a paraguazos. Tartarín, algo confuso, se defendió como pudo, parando los golpes con la carabina. El hombre sudaba, resoplaba, saltaba, gritando:

—Pero ¡señora…, señora!…

Como si no. La señora estaba sorda, y bien lo demostraba su vigor.

Felizmente, un tercer personaje apareció en el campo de batalla. El marido de la alsaciana, alsaciano también y tabernero, y además muy ducho en cuentas. Cuando se enteró con quién tenía que habérselas y que el asesino sólo pensaba en pagar el precio de la víctima, desarmó a su esposa y se entendieron.

Tartarín dio 200 francos; diez podría valer el asno, que es el precio corriente de los burriquots en los mercados árabes. Después enterraron al pobre Negrillo al pie de una higuera, y el alsaciano, que cobró buen humor al ver el color de las monedas tarasconesas, invitó al héroe a tomar un bocado en su taberna, que se encontraba a pocos pasos de allí, a un lado de la carretera.

Los cazadores argelinos almorzaban allí todos los domingos, porque aquel llano era abundante en caza, y a dos leguas alrededor de la ciudad no había mejor sitio para los conejos.

—¿Y los leones? —preguntó Tartarín.

El alsaciano le miró lleno de asombro.

—¿Los leones?

—Sí…, los leones… ¿Se ven por aquí alguna vez? —volvió a preguntar el pobre hombre con un poco menos de seguridad.

El tabernero se echó a reír.

—¡Dios nos libre!… Aquí no queremos leones… ¿Qué haríamos con ellos?

—Pero ¿no los hay en Argelia?

—Lo que es yo, nunca los he visto... Y ya hace veinte años que vivo en la provincia. No obstante, creo haber oído contar... Me parece que los periódicos... Pero es mucho más lejos; allá, en el sur... En aquel momento llegaron a la taberna.

Una taberna de arrabal como las que se ven en Vanves o en Pantin, con una rama seca encima de la puerta, garabatos pintados en las paredes y este letrero de inofensiva alusión venatoria:

A LA BUENA PIEZA

¡La buena pieza!... ¡Oh Bravidá, qué recuerdo!

VII. Historia de un ómnibus, de una mora y rosario de jazmines

Aquella primera aventura hubiera sido bastante para desalentar a muchas personas; pero los hombres del temple de Tartarín no se dejan abatir fácilmente.

"Los leones están en el sur —pensó el héroe—. Pues iré al sur."

Y con el último bocado en la boca, se levantó, dio gracias al tabernero y un beso a la vieja, sin rencor alguno; vertió la última lágrima sobre el infortunado Negrillo y se volvió de prisa y corriendo a Argel con la firme intención de liar los bártulos y marcharse al sur aquel mismo día.

Desgraciadamente, la carretera de Mustafá parecía que se había alargado desde la víspera; ¡hacía un sol y un polvo!... ¡Pesaba tanto la tienda de campaña!... Tartarín no se sintió con valor para ir a pie hasta la ciudad, y al primer ómnibus que vio pasar le hizo seña y subió.

¡Pobre Tartarín de Tarascón! Cuánto mejor hubiera sido para su nombre y para su gloria no haber entrado en aquel fatal armatoste y continuar de manera pedestre su camino, a riesgo de caer asfixiado bajo el peso de la atmósfera, la tienda de campaña y sus pesadas escopetas rayadas, de dos cañones...

Con la subida de Tartarín, el ómnibus quedó completo. En el fondo, con la nariz en su breviario, iba un vicario de Argel, de larga barba negra. Enfrente, un joven comerciante moro, fumando cigarrillos rechonchos. Además, un marinero maltés, y envueltas en blancos mantos, cuatro o cinco moras tapadas hasta los ojos. Venían aquellas señoras de hacer sus devociones en el cementerio de Ab-el-Kader; mas con la fúnebre visita no parecían haberse entristecido. Oíaseles reír y charlar bajo sus niqabs, y no dejaban de mascar golosinas.

Tartarín creyó advertir que le miraban mucho. Especialmente una, la que estaba sentada enfrente de él, había clavado la mirada en la suya y no la separó en todo el camino. Aunque la dama iba velada, la vivacidad de aquellos grandes ojos negros, alargados por el k'hol[12]; una muñeca deliciosa y fina, cargada de brazaletes de oro, que de vez en cuando asomaba por entre los velos; el sonido de la voz; los movimientos graciosos, casi infantiles, de la cabeza, decíanle que estaba en presencia de una mujer joven, bonita y adorable... El desgraciado Tartarín no sabía dónde meterse. La caricia muda de aquellos hermosos ojos orientales le turbaba y le agitaba, le ponía en trance de muerte; ya sentía calor, ya frío...

Y, para colmo, la babucha de la dama vino a tomar cartas en el asunto. El héroe sentía correr por sus recias botas de caza aquella linda babucha, la sentía corretear y dar saltitos como si fuese un ratoncillo colorado... ¿Qué hacer? ¿Contestar a aquella mirada, a aquella presión? Sí; pero ¿y las consecuencias?... ¡Una

---

[12] Cosmético a base de galena molida usado para oscurecer los ojos y párpados sobre todo por las mujeres del norte de África y Oriente Medio. (N. de la T.)

intriga de amor en Oriente es cosa terrible!... Y con su imaginación novelesca y meridional, el bravo Tartarín veíase ya en manos de eunucos, decapitado, o quizá peor, cosido en un saco de cuero y arrojado al mar, con la cabeza separada del tronco. Aquello le quitaba entusiasmo... Pero la babucha continuaba su tejemaneje, y los ojos se abrían frente a él todo lo grandes que eran, como dos flores de terciopelo negro, y parecían decirle:

—¡Cógenos!...

El ómnibus se paró. Estaban en la Plaza del Teatro, a la entrada de la calle de Bab-Azún. Las moras bajaron una tras otra, trabadas en sus anchos pantalones y apretujándose en los velos con gracia salvaje. La vecina de Tartarín fue la última que se levantó, y al levantarse, su rostro pasó tan cerca de la cara del héroe, que lo rozó con su aliento, verdadero aroma de juventud, de jazmín, de almizcle y de golosinas.

El tarasconés no pudo resistir. Ebrio de amor y dispuesto a todo, se lanzó detrás de la mora... Al ruido de su correaje, la mora se volvió, llevóse un dedo a la máscara, como para decirle: "¡Chitón!", y con la otra mano le arrojó vivamente un rosarito perfumado, hecho de jazmines. Tartarín de Tarascón se bajó a recogerlo; pero como nuestro héroe estaba un poco pesado e iba muy cargado con su armamento, la operación fue bastante larga.

Cuando se levantó, con el rosario de jazmines junto al corazón, la mora había desaparecido.

VIII. ¡Dormid, leones del Atlas!

¡**Dormid, leones del** Atlas! Dormid tranquilos en el fondo de vuestros cubiles, entre áloes y cactos silvestres... Tartarín de Tarascón no os degollará en unos días. Por ahora, todos sus arreos de guerra —cajas de armas, botiquín, tienda de campaña, conservas alimenticias— descansan apaciblemente, embalados, en el hotel de Europa, en un rincón del cuarto número 36.

¡Dormid sin miedo, grandes leones rojos!

El tarasconés anda en busca de su mora.

Desde la aventura del ómnibus, el desdichado cree sentir perpetuamente en el pie, en aquel ancho pie de cazador de pieles, los correteos del ratoncito; y la brisa del mar, cuando le roza suavemente los labios, se perfuma —haga él lo que haga— de amoroso olor de pasteles y anís.

¡Echa de menos a su magrebí! Pero... ¡ahí es nada! Encontrar en una ciudad de cien mil almas una persona de las que tan sólo se conoce el aliento, las babuchas y el color de los ojos... Sólo un tarasconés enamorado sería capaz de intentar semejante aventura.

Lo terrible es que, bajo sus grandes máscaras blancas, todas las moras se parecen; además, esas señoras salen muy poco, y para verlas, hay que subir a la ciudad alta, la ciudad árabe, la ciudad de los *teurs*.

Aquello es un lugar de muerte. Callejuelas negras, muy angostas, que suben a pico entre dos filas de casas misteriosas, cuyos aleros se juntan formando túnel. Puertas bajas, ventanas pequeñitas, mudas, tristes, enrejadas. Y luego, a derecha e izquierda, tenderetes sombríos, en donde los *teurs*, de caras de piratas, ojos blancos y dientes brillantes, fuman largas pipas y se hablan en voz baja, como para concertar fechorías.

Decir que nuestro Tartarín atravesaba sin emoción aquella ciudad formidable sería mentir. Por el contrario, estaba muy conmovido, y en aquellas oscuras callejuelas, poco más anchas que su barriga, el hombre avanzaba con todo género de precauciones, ojo avizor y el dedo en el gatillo del revólver. Lo mismo que en Tarascón cuando iba al casino.

A cada paso esperaba recibir por la espalda un asalto de eunucos y jenízaros; pero el deseo de ver a su dama le daba una audacia y una fuerza de gigante.

El intrépido Tartarín no salió de la ciudad alta en ocho días. Ora se le veía hacer el oso delante de los baños moros, esperando la hora en que aquellas damas salen a bandadas, temblorosas y con la fragancia del baño; ora se agachaba a la puerta de las mezquitas, sudando y bufando para quitarse las botazas antes de entrar en el santuario...

A veces, a la caída de la tarde, cuando regresaba, afligido por no haber descubierto nada ni en el baño ni en la mezquita, el tarasconés, al pasar ante las casas moras, oía cantos monótonos, sordo rasguear de guitarra, tañidos de panderetas y risas de mujer que le hacían latir el corazón.

"¿Estará ahí"?, se decía.

Entonces, si la calle estaba desierta, se acercaba a una de aquellas casas, levantaba el pesado aldabón del postigo bajo y llamaba tímidamente... Cantos y risas cesaban en el acto, y detrás de la pared tan sólo se oían vagos cuchicheos, como en una pajarera dormida.

"¡Pongámonos en guardia! —pensaba el héroe—. ¡Aquí me va a suceder algo!"

Y lo que le solía ocurrir era que le echasen un jarro de agua fría o unas cáscaras de naranjas y de higos chumbos...

Nunca le sucedió percance más serio.

¡Dormid, leones del Atlas!

IX. El Príncipe Gregory de Montenegro

Dos semanas cumplidas llevaba el infortunado Tartarín en busca de su dama argelina, y es probable que aún estaría buscándola si la providencia de los enamorados no hubiese acudido en socorro suyo en figura de cierto hidalgo montenegrino.

Véase cómo: En invierno, el teatro principal de Argel da todos los sábados por la noche un baile de máscaras; como en la ópera, ni más ni menos. El eterno e insípido baile de máscaras provinciano. Poca gente en la sala, náufragos del Bullier o del Casino, vírgenes locas que siguen al ejército, bellezas marchitas, trajes derrotados y cinco o seis lavanderitas mahonesas echadas a perder que conservan un vago perfume de ajo y de salsas azafranadas en memoria de sus tiempos de virtud...

El verdadero golpe de vista no está allí. Está en el vestíbulo, convertido para el caso en sala de juego... Una multitud febril y abigarrada se atropella alrededor de los largos tapetes verdes; turcos con licencia, que se juegan los cuartos pedidos a rédito; mercaderes moros de la ciudad alta; negros, malteses, colonos del interior que han recorrido 40 leguas[13] para aventurar en un as el dinero de un arado o de una yunta de bueyes..., todos

---

[13] Aproximadamente, una legua equivale a 6 kilómetros. (N. de la T.)

trémulos, pálidos, con los dientes apretados, mirada singular de jugador, turbia, en bisel, y bizca a fuerza de fijarse en la misma carta.

Más allá, tribus de argelinos juegan en familia. Los hombres, con el traje oriental, horrorosamente accidentado por unas medias azules y unas gorras de terciopelo. Las mujeres, infladas y descoloridas, muy tiesas, con sus ajustados petos de oro... Agrupada alrededor de las mesas, toda la tribu chilla, se concierta, cuenta con los dedos y juega poco.

Sólo de tarde en tarde, después de largos consultas, un viejo patriarca, de barbas de Padre Eterno, se desprende del grupo y va a arriesgar el dinero familiar... Entonces, mientras dura la partida, hay un centelleo de ojos hebraicos vueltos hacia la mesa, ojos terribles de imán negro, que hacen estremecerse en el tapete a las monedas de oro y acaban por atraerlas suavemente como con un hilo...

Después, riñas, batallas, juramentos de todos los países, gritos locos en todas las lenguas, puñales desenvainados, la guardia que sube, dinero que falta...

En medio de aquellas saturnales fue a caer el gran Tartarín una noche en busca del olvido y la paz del corazón.

Iba solo el héroe entre la multitud, pensando en su mora, cuando de pronto, en una mesa de juego, entre gritos y el ruido del oro, se levantaron dos voces irritadas:

—Le digo a usted que me faltan veinte francos, caballero...

—¡Caballero!...

—¿Qué hay?...

—Que sepa con quién habla.

—No deseo otra cosa...

—Soy el príncipe Gregory de Montenegro, caballero.

Al oír este nombre, Tartarín, conmovido, se abrió paso por entre la multitud y fue a ponerse en primera fila, gozoso y ufano de haber vuelto a encontrar a su príncipe, aquel príncipe montenegrino tan elegante y fino con quien trabara conocimiento en el vapor...

Desgraciadamente, el título de alteza, que tanto había ofuscado al buen tarasconés, no produjo la menor impresión en el oficial de cazadores con quien el príncipe tenía el altercado.

—No me dice gran cosa... —respondió el militar burlonamente.

Y volviéndose hacia la galería, exclamó:

—¡Gregory de Montenegro!... ¿Hay alguno que conozca tal nombre?... ¡Nadie!

Tartarín, indignado, dio un paso adelante.

—Dispense usted... ¡Yo conozco al príncipe! —dijo con voz firme y con su más puro acento tarasconés.

El oficial de cazadores le miró un momento cara a cara, y después, encogiéndose de hombros, dijo:

—Bueno; pues, repártanse los veinte francos que faltan, y asunto concluido.

Y dicho esto, volvió la espalda y se perdió entre la multitud.

El fogoso Tartarín quiso lanzarse detrás de él; pero el príncipe se lo impidió.

—Déjele..., ya me las entenderé yo con él.

Y cogiendo al tarasconés del brazo, le sacó de allí rápidamente.

En cuanto estuvieron fuera, el príncipe Gregory de Montenegro se descubrió, tendió la mano a nuestro héroe y, recordando vagamente su nombre, empezó a decir con voz vibrante:

—Señor Barbarín...

—Tartarín —insinuó el otro tímidamente.

—Tartarín o Barbarín..., ¡qué más da!... Entre nosotros, amistad hasta la muerte.

Y el noble montenegrino le sacudió la mano con feroz energía... Figuraos lo orgulloso que estaría el tarasconés.

—¡Príncipe!... ¡Príncipe!... —repetía, ebrio de satisfacción.

Un cuarto de hora después, los dos caballeros estaban instalados en el restaurante Los Plátanos, agradable establecimiento nocturno con terrazas al mar, y allí, ante una fuerte ensalada rusa, rociada con rico vino de Crescia, resellaron la amistad.

No es posible imaginar nada más seductor que aquel príncipe montenegrino. Delgado, fino, crespos cabellos rizados a tenacilla, rasurado con piedra pómez, constelado de raras condecoraciones, de astuto mirar, gesto zalamero y acento vagamente italiano, que le daba cierto aire de Mazarino sin bigote; además, muy ducho en lenguas latinas, pues a cada paso citaba a Tácito, a Horacio y a los Comentarios.

De antigua raza hereditaria, parece ser que sus hermanos le habían condenado a destierro desde los diez años, a causa de sus opiniones liberales, y desde entonces iba corriendo mundo para instruirse y por placer; es decir, en calidad de alteza filósofo... ¡Coincidencia singular! El príncipe había pasado tres años en Tarascón; y como Tartarín se admirase de no haberle visto jamás en el Casino ni en la Explanada: "Salía poco de casa...", respondió su alteza en tono evasivo. Y el tarascones, por discreción, no se atrevió a preguntarle más. ¡Todas las grandes existencias tienen aspectos tan misteriosos!

En suma: que el tal Gregory era un buen príncipe. Saboreando el rosado vino de Crescia, escuchó pacientemente a Tartarín, que le habló de su mora, y aun llegó a asegurarle que la encontraría pronto, puesto que él conocía a todas aquellas damas.

Bebieron de firme, mucho tiempo... Brindaron "por las mujeres de Argel, por Montenegro libre..."

Fuera, al pie de la terraza, el mar rugía, y las olas, en la sombra, batían la playa con un ruido como si estuviesen sacudiendo trapos mojados. El aire estaba caldeado y el cielo lleno se estrellas. En Los Plátanos cantaba un ruiseñor...

Tartarín pagó la cuenta.

X. Dime el nombre de tu padre, y te diré el nombre de esta flor

Háblame de los príncipes montenegrinos, y al punto levantaré la codorniz.

A la mañana siguiente de aquella velada en Los Plátanos, el príncipe Gregory se presentó en el cuarto del tarasconés, casi con el alba.

—¡Hala! ¡deprisa, vístase! Ya está encontrada la mora... ¡Se llama Baya! Veinte años; linda como un corazón y ya viuda...

—¡Viuda! ¡Qué suerte! —exclamó con alegría el valeroso Tartarín, que no fiaba mucho en los maridos de Oriente.

—Sí; pero muy vigilada por su hermano.

—¡Ah! ¡Diantre!

—Un moro feroz, que vende pipas en el bazar de Orleáns...

Un rato de silencio.

—No importa —continuó el príncipe—. Usted no es hombre que se asuste por tan poca cosa. Además, quizá podamos arreglarlo comprándole algunas pipas. ¡Hala!..., ¡deprisa!; ¡vístase, calavera!... ¡Vaya una suerte!

Pálido, conmovido, lleno el pecho de amor, Tartarín se tiró de la cama y, abrochándose a toda prisa el ancho calzón de franela, dijo:

—Y yo, ¿qué he de hacer?

—Escribir a la dama pidiéndole una cita; nada más.

—¿Ya sabe francés?... —preguntó, un poco desilusionado, el cándido Tartarín, que soñaba con un puro Oriente.

—No sabe una palabra —respondió el príncipe imperturbablemente—; pero usted me dicta la carta y yo iré traduciéndola.

—¡Oh príncipe! ¡Cuántas bondades!

Y el tarasconés se puso a recorrer a grandes pasos la estancia, silencioso y concentrándose en sí mismo.

Ya comprenderéis que no es lo mismo escribir a una mora de Argel que a una modistilla de Beaucaire. Mas, por suerte, nuestro héroe poseía numerosas lecturas y amalgamando la retórica apache de los indios de Gustavo Aimard con el *Viaje a Oriente* de Lamartine, y algunas ligeras reminiscencias del *Cantar de los Cantares*, pudo componer la carta más oriental que puede verse. Empezaba así:

"Como el avestruz en las arenas..."

Y acababa de este modo:

"Dime el nombre de tu padre, y te diré el nombre de esta flor..."

El romántico Tartarín hubiera querido agregar a la misiva un ramo de flores emblemáticas, conforme a la moda oriental; pero el príncipe Gregory pensó que sería mejor comprar algunas pipas en la tienda del hermano, lo cual no dejaría de suavizar el humor salvaje del señorito; al mismo tiempo, la dama se pondría muy contenta, porque fumaba mucho.

—¡Pues vamos a comprar pipas inmediatamente! —dijo Tartarín lleno de ardor.

—No, no... Permítame usted que vaya solo, porque las compraré más baratas...

—¡Cómo! ¡Usted!... ¡Oh príncipe! ¡Príncipe!...

Y el buen hombre, enteramente confuso, ofreció su bolsa al servicial montenegrino, recomendándole que no ahorrase nada para que la dama quedase contenta.

Desgraciadamente, el asunto, aunque iba por buen camino, no fue tan deprisa como hubiera podido esperarse. La mora, muy conmovida, al parecer, por la elocuencia de Tartarín, sin contar con que ya estaba casi seducida de antemano, no hubiera puesto reparo en recibirle; pero el hermano sentía escrúpulos, y para vencerlos hubo que comprar pipas a docenas, a montones, cargamentos...

"¿Qué diantres hará Baya con todas esas pipas?", preguntábase a veces el pobre Tartarín. Pero pagaba sin regatear.

Por fin, después de haber comprado montañas de pipas y derrochado oleadas de poesía oriental, logró una cita.

No necesitaré deciros con qué emoción hubo de prepararse el tarasconés; con qué esmero se cortó, lustró y perfumó la ruda barba de cazador de gorras, sin que se le olvidara —porque todo hay que preverlo— echarse al bolsillo una llave inglesa de puntas y dos o tres revólveres.

El príncipe, siempre servicial, asistió a aquella primera cita en calidad de intérprete.

Vivía la dama en lo alto de la ciudad. Delante de la puerta, un moro de trece a catorce años fumaba cigarrillos. Era el famoso

Alí, el hermano de marras. Al ver llegar a los dos visitantes, dio dos golpes en el postigo y se retiró discretamente.

La puerta se abrió y apareció una negra, que, sin decir palabra, condujo a los señores, a través del estrecho patio interior, a una salita fresca, en donde la dama esperaba, apoyada de codos en un lecho bajo...

A primera vista le pareció a Tartarín más pequeña y regordeta que la mora del ómnibus... ¿Era verdaderamente la misma? Pero la sospecha no hizo sino atravesar como un relámpago el cerebro del tarasconés.

Era tan bonita aquella mujer, descalza, con los dedos regordetes cargados de sortijas, sonrosada, fina, presa en un corselete de paño dorado, con rameado vestido de flores, que dejaba adivinar una personilla amable, un poco gordita, apetitosa, redonda por todas partes...

El tubo de ámbar de un narguile humeaba en sus labios, envolviéndola en la gloria de una humareda rubia.

Al entrar, el tarasconés se llevó una mano al corazón y se inclinó lo más moriscamente posible, poniendo los apasionados ojos en blanco. Baya le miró un momento sin decir nada; después, soltando el tubo de ámbar, se echó de espaldas, escondió la cabeza entre las manos y ya no se le vio más que el cuello blanco, que una risa loca le hacía bailar como un saco lleno de perlas.

XI. Sidi Tart'ri ben Rart'ri

S i a la hora de las veladas entrarais alguna noche en los cafés argelinos de la ciudad alta, oiríais todavía hoy a los moros hablar entre sí, con guiños y risitas, de cierto Sidi Tart'ri ben Tart'ri, europeo amable y rico que, hace ya algunos años, vivía en los barrios altos con una señoritinga de la tierra llamada Baya.

El Sidi Tart'ri en cuestión, que tan gratos recuerdos ha dejado en los alrededores de la Casbah, bien se adivina, es nuestro Tartarín.

¡Qué queréis! En la vida de los héroes, como en la de los santos, hay siempre horas de ceguedad, desconcierto y desmayo. El ilustre tarasconés no había de ser una excepción, y por eso, durante dos meses, olvidado de los leones y de la gloria, se embriagó de amor oriental, y, como Aníbal en Capua, se durmió en las delicias de Argel la blanca.

El buen hombre había alquilado, en el corazón de la ciudad árabe, una linda casita indígena, con patio interior, plátanos, frescas galerías y fuentes. Allí vivía, lejos de todo ruido, en compañía de su mora. Moro él también de pies a cabeza, se pasaba el día fumando el narguile y comiendo dulces almizclados.

Tendida en un diván enfrente de él, Baya, guitarra en mano, gangueaba tonadillas monótonas, o bien, para distraer al señor, se zarandeaba en la danza del vientre, con un espejo en la mano para mirarse los blancos dientes y hacerse visajes.

Como la dama no sabía una palabra de francés, ni Tartarín una palabra de árabe, la conversación languidecía algunas veces, y el charlatán tarasconés se vio reducido a hacer penitencia por las intemperancias de lenguaje de que fue culpable en la botica de Bezuquet y en casa de Costecalde el armero.

Pero aun aquella penitencia no carecía de encanto; era como una melancolía voluptuosa lo que experimentaba, permaneciendo todo el día sin hablar, escuchando el gluglú del narguile, el rasgueo de la guitarra y el leve ruido de la fuente en los mosaicos del patio.

El narguile, el baño y el amor llenaban toda su vida. Salían poco. Algunas veces Sidi Tart'ri, y su dama a la grupa, íbanse, montados en fogosa mula, a comer granadas a un jardincito que el tarasconés había comprado por aquellos alrededores... Pero nunca, lo que se dice nunca, bajaban a la ciudad europea.

Con sus zuavos siempre borrachos, sus alcázares atiborrados de oficiales y su eterno ruido de sables bajo los porches, aquella Argel le parecía insoportable y fea como un cuerpo de guardia de Occidente.

En resumidas cuentas, el tarasconés era feliz. Sobre todo, Tartarín Sancho, muy aficionado a las golosinas turcas, se declaraba eternamente satisfecho de su nueva existencia... Tartarín Quijote solía sentir algún remordimiento cada vez que pensaba en Tarascón y en las pieles prometidas... Pero aquello duraba poco, y para alejar tan tristes ideas bastábale una mirada de Baya o una cucharadita de sus endiabladas confituras aromáticas y trastornadoras como los brebajes de Circe.

El príncipe Gregory iba todas las noches a hablar un poco de Montenegro libre... Con su infatigable complacencia, aquel amable señor desempeñaba en la casa las funciones de intérprete, y aun en ocasiones las de intendente, si era preciso, y todo ello por nada, por gusto... Fuera del príncipe, Tartarín no recibía más que *teurs*.

Aquellos piratas de siniestras cabezas, que en otro tiempo le daban tanto miedo desde el fondo de sus negros tenduchos, ahora, después de conocerlos, le parecían buenos comerciantes, inofensivos bordadores, especieros, torneadores de tubos de pipas, gente bien educada, humildes, bromistas, discretos y puntos fuertes en los naipes. Aquellos señores iban cuatro o cinco veces por semana a pasar la velada en casa de Sidi Tart'ri, le ganaban los cuartos, le comían las golosinas, y a las diez en punto se retiraban discretamente dando gracias al Profeta.

Después que se iban, Sidi Tart'ri y su fiel esposa acababan la velada en la azotea blanca, que dominaba la ciudad. Alrededor veíanse otras mil azoteas, también blancas, tranquilas, alumbradas por la claridad de la luna, que bajaban escalonándose hasta el mar.

Llegaban rasgueos de guitarra llevados por la brisa. De pronto, como ramillete de estrellas, una melodía clara desgranábase suavemente en el cielo, y en el alminar de la mezquita próxima aparecía un gallardo almuecín, perfilando su sombra blanca en el intenso azul de la noche y cantando las glorias de Alá, con voz maravillosa, que llenaba el horizonte.

Baya dejaba al punto la guitarra, y con sus ojazos vueltos hacia el almuecín parecía beber la oración con delicia. Mientras duraba el canto, permanecía allí, trémula, extasiada, como una Santa Teresa de Oriente...

Tartarín, conmovido, la veía orar, y pensaba para sí que debía de ser muy bella y grande aquella religión que causaba semejantes embriagueces de fe.

¡Tarascón, tápate la cara! Tu Tartarín pensaba en hacerse renegado.

XII. Nos escriben de Tarascón

Una hermosa tarde, de cielo azul y brisa tibia, Sidi Tart'ri, a horcajadas en su mula, volvía solito de su huerta... Muy despatarrado, a causa de los anchos zurrones de esparto, henchidos de cidras y sandias, arrullado por el rumor de sus altas estriberas y marcando con todo el cuerpo el balán-balán de la cabalgadura, el hombre, en medio de un paisaje adorable, con las manos cruzadas sobre el vientre, iba casi amodorrado por el bienestar y el calor.

De pronto, al entrar en la ciudad, una llamada formidable lo despertó:

—¡Eh! ¡Qué sorpresa! ¡Juraría que es el señor Tartarín!

Al escuchar el nombre de Tartarín, al oír aquel acento meridional tan alegre, el tarasconés levantó la cabeza, y a dos pasos vio el noble rostro atezado del señor Barbassou, el capitán del *Zuavo*, que tomaba un licor y fumaba su pipa a la puerta de un cafetín.

—¡Hola, Barbassou! —dijo Tartarín, parando la mula.

En lugar de responderle, Barbassou le miró un momento, abriendo mucho los ojos, y luego se echó a reír; pero de tal manera, que Sidi Tart'ri quedó aturdido.

—¡Qué turbante, pobre señor Tartarín! ¿De modo que es verdad lo que dicen, que se ha hecho *teur*...? ¿Y esa chiquilla, Baya, sigue cantando "Marco la Bella"?

—¡"Marco la Bella"! —dijo Tartarín indignado—. Sepa, capitán, que la persona de que habla usted es una mora honrada que no sabe ni una palabra de francés.

—¿Que Baya no sabe francés?... Pero ¿de dónde se ha caído usted?

Y el bravo capitán se echó a reír con más fuerza. Después, viendo la cara que ponía el pobre Sidi Tart'ri, cambió de sistema.

—Quizá no sea la misma... Demos por hecho que estoy confundido... Pero es el caso..., ¡ea!, señor Tartarín, creo que, a pesar de todo, le convendría desconfiar de las moras argelinas y de los príncipes de Montenegro.

Tartarín se puso de pie en los estribos, haciendo su gesto.

—El príncipe es amigo mío, capitán.

—¡Bueno, bueno! No nos enfademos... ¿Quiere tomar un licor? ¿No? ¿Quiere algo para la tierra? ¿Tampoco?... Pues, entonces, buen viaje. A propósito, amigo, aquí tengo buen tabaco de Francia; si quisiera usted llenar algunas pipas... ¡Tome! ¡Tome! Le sentará muy bien. Estos tabacos de Oriente suelen embrollar las ideas.

Y dicho esto, el capitán volvió a su licor, y Tartarín, muy pensativo, emprendió a trote corto el camino de su casita... Aunque su alma generosa se negaba a creerlo, las insinuaciones de Barbassou le habían entristecido. Además, aquellos juramentos de la tierra, el acento de su pueblo, todo despertaba en él remordimientos vagos.

En casa no encontró a nadie. Baya se había ido al baño... La negra le pareció fea; la casa, triste... Poseído de indefinible melancolía, fue a sentarse cerca de la fuente y llenó una pipa con el tabaco de Barbassou. Aquel tabaco iba envuelto en un trozo de El Semáforo. Al desdoblar el periódico le saltó a la vista el nombre de su ciudad natal:

NOS ESCRIBEN DE TARASCÓN

La ciudad está consternada. Tartarín, el matador de leones, que partió a la caza de los grandes felinos de África, no ha dado noticias suyas hace varios meses... ¿Qué ha sido de nuestro heroico compatriota?... Apenas se atreve a preguntárselo ninguno que, como nosotros, haya conocido aquella inteligencia ardorosa, aquella audacia, aquella necesidad de aventuras... ¿Ha sido sepultado en la arena, como tantos otros, o bien ha caído bajo el diente mortífero de uno de esos monstruos del Atlas, cuyas pieles prometió al Municipio?... ¡Terrible incertidumbre! Sin embargo, unos comerciantes negros, que han venido a la feria de Beaucaire, pretenden haber encontrado en pleno desierto a un europeo, cuyas señas coinciden con las de nuestro héroe, y que se dirigía hacia Tombuctú... ¡Dios nos conserve a nuestro Tartarín!

Cuando el tarasconés leyó aquello, se sonrojó, palideció, tembló. Tarascón entero se le aparecía: el casino, los cazadores de gorras, el sillón verde de la tienda de Costecalde, y dominándolo todo, como águila con las alas abiertas, el formidable bigote del valiente Bravidá.

Entonces, al ver cómo estaba cobardemente acurrucado en la alfombra mientras le creían cazando fieras, Tartarín de Tarascón se avergonzó de sí mismo y lloró.

De pronto, el héroe dio un salto.

—¡Al león! ¡Al león!

Y lanzándose al escondrijo en que, llenas de polvo, dormían la tienda de campaña, el botiquín, las conservas y la caja de armas, las sacó arrastrando al centro del patio.

Tartarín Sancho acababa de expirar; ya no quedaba más que Tartarín Quijote.

El tiempo necesario para inspeccionar sus pertrechos, armarse, ataviarse, ponerse aquellas botazas, escribir cuatro letras al príncipe confiándole a Baya; el tiempo necesario para meter en el sobre algunos billetes azules, mojados en lágrimas, y el intrépido tarasconés rodaba en diligencia por la carretera de Blidah, dejando en la casa a su negra estupefacta, delante del narguile, del turbante, de las babuchas y de toda la vestimenta musulmana de Sidi Tart'ri, que yacía lamentablemente bajo los tréboles blancos que adornaban la galería...

EPISODIO TERCERO

EN LA TIERRA DE LOS LEONES

I. Las diligencias deportadas

Era una vetusta diligencia de antaño, acolchada a la antigua, con burdo paño azul ajado ya, con enormes presillas de lana áspera, que al cabo de algunas horas de camino acaban por cauterizar la espalda. Tartarín de Tarascón, apoderándose de un rincón de la rotonda, instalóse lo mejor que pudo, y mientras llegaba a respirar las almizcladas emanaciones de los grandes felinos de África, el héroe tuvo que contentarse con aquel añejo olor de diligencia, caprichosamente compuesto de mil olores, hombres, caballos, mujeres y cueros, vituallas y paja húmeda.

En aquella rotonda había de todo un poco. Un trapense, mercaderes judíos, dos *cocottes* que iban a incorporarse a su batallón —el Tercero de húsares—, un fotógrafo de Orleansville. Mas, por encantadora y variada que fuese la compañía, el tarasconés no estaba en vena de hablar y permaneció pensativo, con el brazo pasado por los correones y las carabinas entre las piernas... Su salida precipitada, los ojos negros de Baya y la caza terrible que iba a emprender le perturbaban el cerebro, sin contar que, con su buen aspecto patriarcal, aquella diligencia europea, vuelta a encontrar en medio de África, le traía vagamente a la memoria el Tarascón de su juventud, las correrías por los arrabales, las meriendas a orillas del Ródano, en fin, multitud de recuerdos.

La noche iba viniendo poco a poco. El mayoral encendió los faroles. La diligencia, herrumbrosa, saltaba, gritando, sobre sus viejos muelles; los caballos trotaban, sonaban los cascabeles... De cuando en cuando, arriba, en la imperial, terrible ruido de hierro viejo. Era el material de guerra.

Tartarín de Tarascón, medio dormido, estuvo un momento contemplando a los viajeros, cómicamente sacudidos por los tumbos, que bailaban delante de él como sombras grotescas... Después, se le oscurecieron los ojos, se le veló el pensamiento y ya no oyó sino vagamente el gemir de los ejes de las ruedas, los flancos de la diligencia, que se quejaban...

De súbito, una voz, voz de hada vieja, ronca, cascada, llamó al tarasconés por su nombre:

—¡Señor Tartarín! ¡Señor Tartarín!

—¿Quién me llama?

—Soy yo, señor Tartarín, ¿no me reconoce usted?... Soy la vieja diligencia que hace veinte años tenía el servicio de Tarascón a Nimes... ¡Cuántas veces lo he llevado a usted y a sus amigos, cuando iban a cazar gorras, por la dirección de Jonquières o de Bellegarde!... Al pronto, no le conocía a causa de ese gorro de *teur* y del cuerpo que ha echado usted; pero en cuanto se ha puesto usted a roncar, lo he reconocido en el acto.

—¡Bueno! ¡Bueno! —dijo el tarasconés un poco amoscado.

Y después, suavizando el tono:

—¿Y qué has venido a hacer aquí, pobre vieja?

—¡Ay!, señor Tartarín, por mi gusto no vine, se lo aseguro... En cuanto estuvo acabado el ferrocarril de Beaucaire, dijeron que ya no servía para nada, y me mandaron a África... ¡Y no soy la única!... Casi todas las diligencias de Francia se vieron deportadas conmigo. Decían que éramos demasiado reaccionarias, y ahora aquí estamos haciendo vida de galeras... Somos lo que en Francia llaman ustedes ferrocarriles argelinos.

Al decir esto, la diligencia lanzó un suspiro; después prosiguió:

—¡Ay señor Tartarín, cuánto me acuerdo de mi buen Tarascón! ¡Aquellos sí que eran buenos tiempos para mí! ¡Tiempos de juventud! ¡Había que verme salir de mañana, lavadita y reluciente, con las ruedas recién barnizadas, los faroles que parecían dos soles y la baca siempre untada de aceite! Y qué bonito cuando el postillón chasqueaba el látigo, canturreando: "¡Lagadigadeou! ¡La Tarasca[14]! ¡La Tarasca!", y el conductor, con el cornetín terciado y la gorra bordada sobre la oreja, echando, con toda la fuerza de su brazo, el perrillo, siempre furioso, en la baca de la imperial, se lanzaba a lo alto con el grito de: "¡Arrea! ¡Arrea!" Entonces, mis cuatro caballos arrancaban al ruido de los cascabeles, los ladridos y las tocatas;

---

[14] Criatura mitológica (de la que toma su nombre la localidad de Tarascón), cuyo origen se encuentra en la leyenda de Santa Marta. La Tarasca es un dragón con seis patas de oso, cola de escorpión y cabeza de león que asolaba la región de Provenza. Santa Marte domesticó a la bestia, pero los aldeanos la masacraron. Después de un sermón, los aldeanos arrepentidos de dar muerte a la bestia se convirtieron al cristianismo, y cambiaron el nombre de la localidad a Tarascón. (N. de la T.)

se abrían las ventanas, y todo Tarascón miraba con orgullo la diligencia correr por la carretera real. ¡Qué hermosa carretera, señor Tartarín! Ancha, bien conservada, con sus mojones kilométricos, sus montoncitos de grava regularmente espaciados, y a derecha e izquierda lindas llanuras de olivares y viñedos... Además, ventorros de diez en diez pasos, paradas de cinco en cinco minutos... ¿Y los viajeros? ¡Qué buenas personas! Alcaldes y curas que iban a Nimes a ver al prefecto o al obispo; honrados pañeros que regresaban del Mazet como Dios manda; colegiales de vacaciones, aldeanos de blusa bordada, afeaditos aquella misma mañana, y arriba, en la imperial, ustedes, los señores cazadores de gorras, siempre de tan buen humor y cantando cada cual la suya, por la noche, al resplandor de las estrellas, cuando volvían a casa... Y ahora, ¡cuán diferente!...

»¡Dios sabe las gentes que llevo! Montones de infieles que no se sabe de dónde vienen y que me llenan de bichos; negros, beduinos, soldadotes, aventureros de todos los países, colonos harapientos que me apestan con sus pipas, y, a todo esto, hablando una lengua que no hay quien la entienda. Además, ¡ya ve usted cómo me tratan! ¡Nunca me cepillan, nunca me lavan!... ¡Untarme los ejes! ¡Ni por asomo!... En lugar de aquellos caballetes, buenos y tranquilos, estos caballitos árabes, que tienen el demonio en el cuerpo, se pelean y se muerden, bailan como cabras al correr y me rompen las varas a coces... ¡Ay!, ¡ay!...

»¿Ve usted?... Ya empiezan... ¿Y las carreteras? Por aquí aún es soportable, porque estamos cerca del Gobierno; pero allá lejos..., nada, ni siquiera camino. Vamos como podemos a través de montes y llanos, entre palmeras enanas y lentiscos... Ni una parada fija. Nos detenemos donde al conductor le place, unas veces en una granja, otras veces en otra. Hay ocasiones en que ese bribón me hace dar un rodeo de dos leguas para ir a casa de un amigo a tomar licores o *champoreau*[15]... Después, ¡arrea, postillón! Hay que recuperar el tiempo perdido. El sol abrasa, el polvo quema. ¡Arrea! Tropezón por aquí, vuelco por allá... ¡Arrea! ¡Arrea! Pasamos ríos a nado, me constipo, me mojo, me ahogo... ¡Arrea! ¡Arrea! ¡Arrea! Luego, por la noche toda chorreando —buena cosa para mi edad y mi reuma—, tengo que dormir a la intemperie, en el patio del parador, abierto a todos los vientos. Después, chacales y hienas vienen a husmear mis arcones, y los merodeadores, que temen al relente, se calientan en mis departamentos... Ahí tiene usted la vida que llevo, señor Tartarín, y la que he de llevar hasta el día en que, quemada por el sol, o podrida por las humedades de las noches, caiga —porque no podré hacer otra cosa— en una revuelta de esta carretera infame, para que los árabes pongan a hervir su *alcuzcuz*[16] con los despojos de mi viejo esqueleto...

—¡Blidah! ¡Blidah! —dijo el conductor, abriendo la portezuela.

---

[15] Bebida caliente basada en vinos o en licores. (N. de la T.)

[16] También llamado cuscús, es un plato tradicional bereber hecho a partir de sémola de trigo, verduras, garbanzos y carne roja. (N. de la T.)

II. Pasa un señor bajito

Vagamente, **a través** de los cristales empañados, Tartarín de Tarascón entrevió una plaza de linda subprefectura, regular, con soportales y naranjos, en medio de la cual unos soldaditos de plomo hacían el ejercicio a la clara bruma rósea de la mañana. Los cafés abrían sus puertas. En un rincón, un mercado con hortalizas... Era encantador; pero allí nada había que oliese aún a león.

—¡Al sur!... ¡Más al sur! —murmuró el buen Tartarín, acurrucándose en un rincón.

En aquel momento se abrió la portezuela. Entró una bocanada de aire fresco, trayendo en sus alas, con el perfume de los naranjos floridos, a un señor muy bajito, con levita color de avellana, viejo, seco, arrugado, acompasado, con una cara como el puño de grande, una corbata de seda negra de cinco dedos de alta, una cartera de cuero y un paraguas: el perfecto notario de aldea.

Al ver el material de guerra del tarasconés, el caballero, que se había sentado enfrente, mostróse excesivamente sorprendido y se puso a mirar a Tartarín con insistencia molesta.

Cambiaron el tiro, y la diligencia se puso en marcha. El caballero no dejaba de mirar a Tartarín... Por fin, el tarasconés se amoscó.

—¿Le asombra esto? —preguntó, mirando también cara a cara al caballero.

—No, señor... Me molesta —respondió el otro con toda calma.

Y lo cierto es que con su tienda de campaña, el revólver, los dos fusiles enfundados y el cuchillo de monte —sin contar su natural corpulencia—, Tartarín de Tarascón ocupaba mucho sitio. La contestación del caballero le disgustó.

—¿Se imagina usted, por ventura, que voy a cazar leones con su paraguas? —preguntó arrogantemente el grande hombre.

El caballero echó una mirada a su paraguas, sonrió dulcemente, y siempre con la misma flema, dijo:

—Entonces, caballero, usted es...

—¡Tartarín de Tarascón, cazador de leones!

Al pronunciar estas palabras, el intrépido tarasconés sacudió la borla de la chechia como una melena.

En la diligencia hubo un movimiento de estupor. El fraile trapense se persignó, las *cocottes* lanzaron chillidos de espanto y el fotógrafo de Orleansville acercóse al cazador de leones soñando con el honor insigne de retratarle.

Pero el señor bajito no se inmutó:

—¿Y ha matado usted ya muchos leones, señor Tartarín? —preguntó tranquilamente.

El tarasconés echó a mala parte la pregunta.

—¡Sí he matado muchos!... ¡Ya quisiera usted tener en la cabeza tantos cabellos como leones he matado!

Y toda la diligencia se echó a reír, fijándose en los tres pelos amarillos erizados en el cráneo del señor bajito.

El fotógrafo de Orleansville tomó la palabra:

—Terrible profesión la de usted, señor Tartarín... A veces suelen pasarse malos ratos... Por eso aquel pobre señor Bombonnel...

—¡Ah, sí!... El cazador de panteras... —interrumpió Tartarín harto desdeñosamente.

—Pero, ¿le conoce usted? —preguntó el caballero.

—¡Anda, si le conozco!... Hemos ido de caza juntos más de veinte veces.

El caballero se sonrió.

—¿De modo que usted también caza panteras, señor Tartarín? —le preguntó.

—Algunas veces, por pasatiempo... —respondió el tarasconés, rabioso.

Y levantando la cabeza, añadió con heroico ademán, que inflamó los corazones de ambas *cocottes*:

—Eso no puede compararse con el león.

—Al fin y al cabo —insinuó el fotógrafo de Orleansville—, una pantera no es más que un gato grande...

—¡Cierto! —afirmó Tartarín, sin que le disgustara rebajar un poco la gloria de Bombonnel, especialmente delante de las señoras.

En aquel momento la diligencia se detuvo; el conductor abrió la portezuela y, dirigiéndose al viejecito, le indicó respetuosamente:

—Ya ha llegado usted.

Levantóse el señor bajito, bajó y, antes de cerrar la portezuela, dijo:

—¿Me permite que le dé un consejo, señor Tartarín?

—¿Cuál, señor mío?

—Escuche. Me parece usted una buena persona y voy a decirle la verdad. Vuélvase inmediatamente a Tarascón, señor Tartarín... Aquí va usted a perder el tiempo... Panteras, todavía quedan algunas en la provincia; pero, ¡vaya!, ésa es caza demasiado pequeña para usted... Los leones se acabaron. En Argelia ya no queda ni uno... El último acaba de matarlo mi amigo Chasaing.

Dicho esto, el señor bajito saludó, cerró la portezuela y se fue riendo, con su cartera y su paraguas.

—Conductor —preguntó Tartarín haciendo un gesto—. ¿Quién es ese tipo?

—¡Cómo! ¿No le conoce?... Es el señor Bombonnel.

III. Un convento de leones

Apeóse **Tartarín de** Tarascón en Milianah, dejando que la diligencia siguiese su camino hacia el sur.

Dos días de tumbos y dos noches sin pegar los ojos para mirar por la portezuela y ver si en los campos o en las cunetas de la carretera aparecía la sombra formidable del león, tantos insomnios, bien merecían algunas horas de descanso. Además, ¿por qué no decirlo?, desde el contratiempo habido con Bombonnel, el leal tarasconés, a pesar de sus armas, su gesto terrible y su gorro encarnado, sentíase molesto ante el fotógrafo de Orleansville y de las dos señoritas del 3º. de húsares.

Atravesó, pues, las anchas calles de Milianah, llenas de hermosos árboles y de fuentes; pero mientras buscaba hotel adecuado a sus gustos, el pobre no podía quitarse de la memoria las palabras de Bombonnel... ¡Si fuese cierto que ya no había leones en Argelia!... ¿A qué, entonces, tantas carreras, tantas fatigas?

De pronto, al volver una esquina, nuestro héroe se encontró cara a cara... ¿con quién? Adivinadlo... Con un soberbio león, situado ante la puerta de un café regiamente sentado sobre sus cuartos traseros, dando al sol la bermeja melena.

—¿Pues no decían que ya no los hay? —exclamó el tarasconés echándose atrás de un salto...

Bajó el león la cabeza al oír esta exclamación y cogiendo con

la boca una escudilla de madera puesta en la acera delante de él, la tendió humildemente hacia Tartarín, que estaba inmóvil de estupor. Un árabe que pasaba por allí echó una moneda de cobre en el platillo; el león movió la cola... Entonces, Tartarín lo comprendió todo. Vio lo que la emoción le había impedido ver al principio, esto es, la multitud agrupada alrededor del pobre león, ciego y domesticado, y dos negrazos armados de garrotes, que lo paseaban por la ciudad como un saboyano pasea su marmota.

Al tarasconés se le subió la sangre a la cabeza.

—¡Miserables! —exclamó con voz de trueno—. ¡Rebajar de ese modo a un animal tan noble!

Y, lanzándose sobre el león, le arrancó el inmundo platillo de las reales mandíbulas. Los dos negros, tomándole por un ladrón, se precipitaron sobre el tarasconés, con los garrotes en alto.

Aquello fue terrible... Los negros pegaban, las mujeres chillaban, los niños reían. Un viejo zapatero judío gritaba desde el fondo de su tugurio: "¡Al juez de paz! ¡Al juez de paz!" Hasta el león, en las tinieblas de su noche, trató de lanzar un rugido, y el desgraciado Tartarín, después de lucha desesperada, rodó por el suelo sobre monedas y desperdicios.

En aquel momento, un hombre atravesó la multitud, separó a los negros con una palabra, a las mujeres y a los chicos con un ademán, levantó a Tartarín, le cepilló, le quitó el polvo y le sentó, falto de aliento, en un poyo.

—¿Qué es esto, príncipe?... ¿Usted aquí?... —exclamó el buen tarasconés, frotándose las costillas.

—Sí, valiente amigo, aquí estoy... En cuanto recibí su carta, dejé a Baya al cuidado de su hermano, alquilé una silla de postas, y después de recorrer cincuenta leguas a matacaballo, llego aquí en momento oportuno para librar a usted de la brutalidad de estos rústicos... ¿Qué ha hecho usted, ¡santo Dios!, para meterse en semejante barullo?

—¡Qué quiere usted, príncipe!... Al ver a este desventurado león con el platillo en los dientes, vencido, humillado, escarnecido, sirviendo de chirigota a esta pordiosería musulmana...

—Se equivoca usted, noble amigo. Este león es para ellos objeto de respeto y veneración. Es un animal sagrado que forma parte de un gran convento de leones, fundado hace trescientos años por Mahomed-ban-Auda, una especie de Trapa formidable y feroz, llena de rugidos y olores de fiera, donde unos monjes extraños crían y domestican cientos de leones y los envían por toda el África septentrional, en compañía de hermanos mendicantes.

»Con las limosnas que los hermanos reciben se sostienen el convento y su mezquita; y si los dos negros han mostrado tanto furor hace un instante, es porque están convencidos de que por una moneda, por una sola moneda de la colecta robada o perdida por culpa de ellos, el león que conducen los devoraría inmediatamente.

Al oír este relato inverosímil y, no obstante, verídico, Tartarín de Tarascón se deleitaba y sorbía aire ruidosamente.

—De todo esto, lo que me interesa —dijo a modo de conclusión— es que, con permiso del señor Bombonnel, aún quedan leones en Argelia...

—¡Que si quedan! —confirmó el príncipe con entusiasmo—. Mañana iremos a dar una batida a la llanura del Cheliff, y ya verá usted...

—¡Cómo, príncipe!... ¿También usted se propone cazar?

—¡Pardiez! ¿Se figura que le voy a dejar solo en medio de África, rodeado de tribus feroces, cuya lengua y costumbres desconoce usted? ¡No, no, ilustre Tartarín; yo no le abandono!... Allí donde usted vaya iré yo.

—¡Oh príncipe, príncipe!...

Y Tartarín, radiante, estrechó contra su corazón al valiente Gregory, pensando con orgullo que, a ejemplo de Julio Gerard, Bombonnel y demás famosos cazadores de leones, iba a tener un príncipe extranjero que le acompañara en sus cacerías.

IV. La caravana en marcha

Al día siguiente, a primera hora, el intrépido Tartarín y el no menos intrépido príncipe Gregory, seguidos de media docena de cargadores negros, salían de Milianah y bajaban hacia la llanura del Cheliff por un caminito delicioso, sombreado de jazmineros, tuyas, algarrobos y olivos silvestres, entre dos setos de jardincillos indígenas y millares de alegres fuentes vivas que caían de roca en roca cantando... Un paisaje del Líbano.

Tan cargado de armas como el gran Tartarín, el príncipe Gregory se había encasquetado además un quepis[17] magnífico y extraño, con galones de oro y guarnición de hojas de roble bordadas con hilo de plata, que daba a su alteza falso aspecto de general mexicano o de jefe de estación de las orillas del Danubio.

Aquel diablo de quepis intrigaba mucho al tarasconés; y como pidiera tímidamente algunas explicaciones:

—Es prenda indispensable para viajar por África —respondió el príncipe con gravedad; y sacando el brillo a la visera con el revés de la manga, informó a su cándido compañero tocante a la importancia del quepis en nuestras relaciones con los árabes: el terror que esta insignia militar tiene por sí sola el

---

[17] Tipo de gorra militar típicamente francesa. Posee un cuerpo tubular alto rematado con una visera pequeña. (N. de la T.)

privilegio de inspirarles es tan grande, que la administración civil se ha visto obligada a imponer el quepis a todos los empleados, desde el peón caminero hasta el registrador. En suma, para gobernar a Argelia —conste que es el príncipe quien lo dice—, no se necesita una gran cabeza, ni aun siquiera cabeza. Basta un quepis, un buen quepis galoneado, reluciente, en la punta de un garrote, como el birrete de Gessler.

Hablando y filosofando de esta suerte, la caravana seguía su camino. Los mozos, descalzos, saltaban de roca en roca con gritos de mono. Las cajas de armas metían ruido. Los fusiles echaban chispas. Los indígenas que pasaban inclinábanse hasta el suelo delante del mágico quepis... Arriba, en las murallas de Milianah, el gobernador de la plaza árabe, que estaba paseándose al fresco de la mañana con su señora, al oír aquellos ruidos insólitos y ver relucir armas entre las ramas, creyó que era un golpe de mano, mandó bajar el puente levadizo, tocar a generala, y puso inmediatamente la ciudad en estado de sitio.

¡Buen estreno para la caravana!

Desgraciadamente, antes de que acabara el día las cosas se echaron a perder. De los negros que llevaban los equipajes, uno se vio atacado de fuertes cólicos por haberse comido el esparadrapo del botiquín. Otro cayó en la cuneta de la carretera, borracho como una cuba por haberse bebido el aguardiente alcanforado. El tercero, que llevaba el álbum de viaje, seducido por los dorados de los cierres, y persuadido de que llevaba los tesoros de la Meca, la emprendió a correr por el Zaccar a toda carrera... Hubo que reflexionar... La caravana hizo alto y celebró consejo a la sombra horadada de una higuera vieja.

—Opino —dijo el príncipe, tratando inútilmente de disolver una pastilla de pemmican en una cacerola perfeccionada de triple fondo—, opino que desde esta noche prescindamos de los negros... Cabalmente, cerca de aquí hay un mercado árabe, y lo mejor que podríamos hacer sería detenernos allí y comprar algunos borriquillos...

—¡No!... ¡No!... ¡Borriquillos, no! —interrumpió vivamente el gran Tartarín, poniéndose colorado al acordarse de Negrillo.

Y añadió hipócritamente:

—¿Cómo quiere usted que unos animales tan chicos puedan llevar todos nuestros bártulos?

El príncipe sonrió.

—Se equivoca usted, ilustre amigo. Por flaco y endeble que le parezca, el borriquillo argelino tiene el lomo resistente... Y ya lo necesita el animal para soportar todo lo que soporta... Pregunte a los árabes... Vea usted cómo explican éstos nuestra organización colonial. Arriba, dicen, está el *muci*, o sea el gobernador, con un garrote muy grande, con el cual pega al estado mayor; el estado mayor, para vengarse, pega al soldado; el soldado pega al colono; el colono, al árabe; el árabe, al negro; el negro, al judío; el judío, al borriquillo, y el pobre borriquillo, como no tiene a quien pegar, presenta el espinazo y se lleva lo de todos. Ya ve que puede llevar las cajas.

—Lo mismo da —replicó Tartarín de Tarascón—; me parece que, con los burros, nuestra caravana no había de resultar favorecida en su aspecto. Me gustaría algo más oriental. Por ejemplo..., si pudiéramos encontrar un camello...

—Todos los que usted quiera —replicó su alteza, y echaron a andar hacia el mercado árabe.

El mercado se celebraba a pocos kilómetros, a orillas del Cheliff... Había allí cinco o seis mil árabes harapientos, hormigueando al sol y traficando ruidosamente entre tinajas de aceitunas negras, pucheros de miel, sacos de especias y cigarros a montones; grandes hogueras, en que estaban puestos a asar carneros enteros, chorreando manteca; carnicerías al aire libre, en donde los negros, desnudos, con los pies llenos de sangre y los brazos rojos, descuartizaban con cuchillos pequeños cabritos colgados de una pértiga.

En un rincón, bajo una tienda remendada de mil colores, un escribano moro, con un libro muy grande y gafas. Aquí un grupo y gritos de rabia: es una ruleta, instalada sobre una medida para trigo, y los cabileños, que se estrujan alrededor... Allá, pataleos, alegría, risa: miran a un mercader judío con su mula, que están ahogándose en el Cheliff. Luego, escorpiones, perros, cuervos... y ¡moscas!..., ¡qué de moscas! Camellos, no los había. Por fin pudieron descubrir uno, del que querían deshacerse unos morabitos. Era el acreditado camello del desierto, el camello clásico, calvo, de mirada triste, con su larga cabeza de beduino y su giba, que, aflojada por largos ayunos, se caía melancólicamente de un lado.

Tan hermoso lo encontró Tartarín, que quiso montar encima a la caravana entera... ¡Siempre la locura de lo oriental!

El animal se agachó y le ataron con cinchas todo el equipaje. Sentóse el príncipe en el cuello del animal. Tartarín, para mayor majestad, mandó que le izaran hasta lo alto de la giba, entre dos cajas; y allí, arrogante y bien embutido, saludando con noble ademán a todo el mercado, que acudía a verle, dio la señal de partida... ¡Truenos! ¡Si los de Tarascón hubiesen podido verle!...

El camello levantóse, estiró las piernas nudosas y salió volando... ¡Oh estupor! A las pocas zancadas, Tartarín se puso pálido, y la heroica chechia volvió a tomar, una tras otra, las antiguas posturas de los tiempos del *Zuavo*. Aquel demonio de camello cabeceaba como una fragata.

—Príncipe, príncipe —murmuró Tartarín, pálido como un muerto y agarrándose a la estopa seca de la giba—. Príncipe, apeémonos... Siento..., siento que voy a escarnecer a Francia...

Pero ¡que si quieres!, el camello se había disparado y nada podía detenerle ya.

Cuatro mil árabes corrían tras él, descalzos, gesticulando, riendo como locos y haciendo brillar al sol seiscientos mil dientes blancos...

El héroe de Tarascón tuvo que resignarse. Echóse tristemente sobre la giba. La chechia tomó todas las posturas que quiso..., y Francia quedó escarnecida.

V. El acecho de noche en un bosque de adelfas

Por **pintoresca que** fuese la nueva cabalgadura, nuestros cazadores de leones tuvieron que renunciar a ella por consideración a la chechia. Siguieron, pues, la carretera a pie, como antes, y la caravana siguió caminando tranquilamente hacia el sur, por etapas cortas; el tarasconés a la cabeza, el montenegrino a la cola, y entre uno y otro, el camello, con las cajas de armas.

La expedición duró cerca de un mes.

Durante un mes, buscando leones, que no era posible encontrar, el terrible Tartarín anduvo errante de un aduar en otro por la inmensa llanura del Cheliff, a través de aquella formidable y estrafalaria Argelia francesa, donde los perfumes del antiguo Oriente se complican con fuertes olores de ajenjo y de cuartel. Una mezcla de Abraham y Zuzú, algo maravilloso y sencillamente burlesco, como una página del Antiguo Testamento referida por el sargento La Ramée o el cabo Pitou...

Curioso espectáculo para ojos que hubiesen sabido ver... Un pueblo salvaje y podrido, que nosotros civilizamos dándole nuestros vicios... La autoridad feroz y sin freno de unos bachagas[18]

---

[18] Durante la presencia otomana en Argelia, Bachaga fue el título de los altos funcionarios administrativos. (N. de la T.)

fantásticos, que se suenan gravemente las narices en sus largos cordones de la Legión de Honor, y por un sí o por un no mandan apalear a la gente en las plantas de los pies. La justicia sin conciencia de unos cadíes[19] con fuertes gafas, tartufos del Corán y de la ley, vendedores de sentencias, como Esaú de su primogenitura, por un plato de lentejas o de *alcuzcuz* azucarado. Cadíes libertinos y borrachos, asistentes que fueron de un general Yusuf cualquiera, que se embriagan de champaña con lavanderas mahonesas, y arman comilonas de carnero asado, mientras delante de sus tiendas toda la tribu revienta de hambre y disputa a los lebreles las sobras de la francachela señorial.

Y en derredor, por todas partes, llanos sin cultivar, hierba quemada, arbustos pelados, montes de cactos y de lentiscos…, ¡el granero de Francia!... Granero vacío de grano; ¡ay, rico tan sólo en chacales y chinches! Villorrios abandonados, tribus espantadas, que se van sin saber adónde, huyendo del hambre y sembrando de cadáveres la carretera. De raro en raro, una aldea francesa, con casas en ruinas, campos sin cultivo, langostas rabiosas, que se comen hasta las cortinillas de las ventanas, y, entretanto, los colonos en los cafés, tomando licores y discutiendo proyectos de reforma y de constitución.

Esto hubiera podido ver Tartarín a poco trabajo que se hubiese tomado de observarlo.

---

[19] Los cadíes son gobernantes-juez en territorios musulmanes que reparten las resoluciones judiciales de acuerdo con la ley islámica o sharia. (N. de la T.)

Pero, entregado por entero a su pasión leonina, el hombre de Tarascón seguía adelante, en línea recta, con los ojos obstinadamente fijos en aquellos monstruos imaginarios, que no se presentaban jamás.

Como la tienda de campaña se obstinaba en no abrirse, y las pastillas de pemmican en no disolverse, la caravana se veía en la precisión de detenerse mañana y tarde en las tribus, y gracias al quepis del príncipe Gregory nuestros cazadores eran recibidos en todas partes con los brazos abiertos. Paraban en las casas de los *aghas*[20], palacios extravagantes, granjas enormes, blancas, sin ventanas, en donde estaban revueltos narguiles y cómodas de caoba, alfombras de Esmirna y lámparas de aceite, cofres de cedro llenos de cequíes turcos, relojes de pared con personajes pintados, estilo Luis Felipe... Por todas partes daban a Tartarín fiestas espléndidas, *diffas*[21], fantasías... Gums[22] enteros hacían hablar la pólvora y lucir los albornoces al sol en honor suyo. Después, cuando la pólvora había hablado, acudía el *aga* y presentaba la cuenta... ¡Y a esto le llamaban hospitalidad árabe!

Pero leones, ni uno. ¡Ni más ni menos que en el Puente Nuevo!

---

[20] Título empleado por altos nobles turcos u otomanos. (N. de la T.)

[21] En Marruecos y Argelia, una *diffa* es un banquete, en especial referido al de bodas. (N. de la T.)

[22] Regimientos coloniales de tiradores de las tropas francesas. (N. de la T.)

Sin embargo, el tarasconés no desmayaba. Penetrando valientemente en el sur, pasaba los días recorriendo montes, registrando palmeras enanas con el cañón de la carabina, y haciendo "¡frrt!, ¡frrt!" en cada matorral. Y todas las noches, antes de acostarse, un acecho de dos o tres horas... ¡Trabajo perdido! El león no se presentaba.

Sin embargo, una tarde, hacia las seis, cuando la caravana atravesaba un bosque de lentiscos de color morado, en el que grandes codornices amodorradas por el calor saltaban aquí y allá en la hierba, Tartarín de Tarascón creyó oír —pero tan lejos, tan vago, tan desmenuzado por la brisa— aquel maravilloso rugido que tantas veces oyera en Tarascón detrás de la barraca de Mitaine.

Al principio, el héroe creyó soñar... Pero al cabo de un instante, siempre lejos, aunque más claros, se repitieron los rugidos; y aquella vez, mientras por todos los rincones del horizonte se oía ladrar a los perros de los aduares, la giba del camello, sacudida por el terror, hizo resonar, temblando, las conservas y las cajas de armas.

No cabía duda. Era el león... ¡Pronto, pronto, al acecho! No hay minuto que perder.

Precisamente, muy cerquita de allí había un viejo marabú —sepulcro de santo—, de cúpula blanca, con las grandes babuchas amarillas del difunto depositadas en un nicho encima de la puerta y multitud de raros exvotos, faldones de albornoz, hilo de oro y cabellos rojos colgando en las paredes... Tartarín de Tarascón metió allí a su príncipe y al camello y se echó a buscar un puesto.

El príncipe Gregory quería seguirle; pero el tarasconés se opuso. Tenía empeño en dar cara al león él solito. No obstante, recomendó a su alteza que no se alejara, y, por vía de precaución, le confió la cartera, una cartera grande llena de papeles preciosos y de billetes de banco, para que no se la rasgase la garra del león. Hecho esto, el héroe se fue a buscar el puesto.

Cien pasos delante del marabú, un bosquecillo de adelfas temblaba entre la gasa del crepúsculo a orillas de un río casi seco. Allí fue a emboscarse Tartarín, rodilla en tierra, según lo establecido, carabina en mano y el gran cuchillo de monte clavado audazmente delante de él en la arena de la orilla.

Llegó la noche. El color de rosa de la naturaleza se volvió morado y luego azul oscuro... Abajo, entre los guijarros del río, brillaba como un espejo de mano una charquita de agua clara. Era el abrevadero de las fieras. En la pendiente de la otra orilla veíase vagamente el sendero blanco, trazado por sus patazas entre los lentiscos. Aquella pendiente misteriosa daba escalofrío. Añádase a esto el hormigueo vago de las noches africanas, roce de ramas, aterciopelado andar de animales vagabundos, agudos ladridos de chacales, y encima, en el cielo, a ciento o doscientos metros, grandes bandadas de cuervos, que pasan gritando como niños a punto de ser degollados: confesaréis que había motivo para conmoverse.

Tartarín lo estaba, y mucho. ¡Pobre hombre! ¡Los dientes le castañeteaban! Y sobre la empuñadura de su cuchillo de monte, clavado en tierra, el cañón de la escopeta rayada sonaba como un par de castañuelas...

¡Qué queréis! Hay noches en que uno no está en vena, y además, ¿dónde estaría el mérito si el héroe no tuviese miedo nunca?

Pues, ea, sí, Tartarín tuvo miedo, y no llegó a perderlo. Sin embargo, se mantuvo firme una hora, dos horas...; pero el heroísmo tiene límite... Cerca de él, en el lecho seco del río, el tarasconés oye de pronto ruido de pasos, guijarros que ruedan. Aquella vez el terror le levantó en vilo. Disparó dos tiros al azar en medio de la noche, y se replegó a todo correr hacia el marabú, dejando el cuchillo clavado en la arena como cruz conmemorativa del más formidable terror pánico que asaltó jamás el alma de un domador de hidras.

[...]

—¡A mí, príncipe! ¡El león!

[...]

Silencio.

[...]

—¡Príncipe!... ¡Príncipe!... ¿Está usted ahí?

[...]

El príncipe no estaba allí. En la pared blanca del marabú, el buen camello, solo, proyectaba, a la luz de la luna, la extravagante sombra de su giba... El príncipe Gregory había puesto pies en polvorosa, llevándose la cartera y los billetes de banco...

Hacía un mes que su alteza esperaba aquella ocasión.......

VI. Por fin

Al **día siguiente** de aquella azarosa y trágica noche, cuando, al despuntar el día, nuestro héroe se despertó y adquirió la certidumbre de que el príncipe y los dineros se habían fugado... para no volver; cuando se vio solo en aquel pequeño sepulcro blanco, víctima de una traición, robado y abandonado en plena Argelia selvática, con un camello de una sola giba y algunas monedas en el bolsillo por todo recurso, entonces el tarasconés, por vez primera, dudó. Dudó de Montenegro, de la amistad, de la gloria, y hasta dudó de los leones; y, como Cristo en Getsemaní, el grande hombre se echó a llorar amargamente.

Ahora bien: mientras permanecía sentado a la puerta del marabú, pensativo, con la cabeza entre las manos, la carabina entre las piernas y el camello mirándole, la maleza se abrió de pronto frente a él, y Tartarín, estupefacto, vio surgir a diez pasos de distancia un león gigantesco, que avanzaba con la cabeza erguida, lanzando rugidos formidables, que hicieron temblar las paredes del marabú cargadas de oropeles, y hasta las babuchas del santo en su nicho.

El tarasconés fue el único que no tembló...

—¡Por fin! —exclamó dando un salto, apoyando la culata en el hombro...

¡Pim!... ¡Pam!... Se acabó... El león tenía dos balas explosivas en la cabeza...

Durante un minuto, bajo el fondo abrasado del cielo africano, hubo una especie de tremendos fuegos artificiales: sesos saltando, sangre humeante y vellones rojos desparramados. Después, todo cesó, y Tartarín distinguió... dos negrazos furiosos que corrían hacia él, con los garrotes levantados. ¡Los dos negros de Milianah!

¡Oh miseria! Era el león domesticado, el pobre ciego del convento de Mohamed, lo que las balas tarasconesas acababan de matar.

¡De buena se libró Tartarín, por vida de Mahoma! Ebrios de furor fanático, los dos negros mendicantes lo hubieran hecho trizas de seguro si el Dios de los cristianos no hubiese enviado en su ayuda un ángel libertador, el guarda de campo del pueblo de Orleansville, que llegó, sable en mano, por un estrecho sendero.

La vista del quepis municipal calmó súbitamente la cólera de los negros. Apacible y majestuoso, el hombre de la placa levantó acta del asunto, ordenó a los querellantes y al delincuente que le siguieran, y se dirigió a Orleansville, donde el cuerpo del delito fue depositado en el juzgado.

El proceso fue largo y terrible.

Después de la Argelia de las tribus, que acababa de recorrer, Tartarín de Tarascón conoció la otra Argelia, no menos ridícula y formidable: la Argelia de las ciudades, pleiteadora y leguleya. Conoció los enredos judiciales que se amañan en el fondo de los cafés, los curiales de baja estofa, los legajos que huelen a ajenjo, las corbatas blancas moteadas de *champoreau*; conoció los procuradores, los adjuntos, los agentes de negocios, todas aquellas langostas de papel sellado, hambrientas y flacas, que le comen al colono hasta las correas de las botas y lo desmenuzan hoja por hoja, como un plantío de maíz.

En primer lugar, se trataba de saber si el león había sido muerto en territorio civil o militar. En el primer caso, el asunto correspondía al tribunal de comercio; en el segundo, Tartarín sería sometido a consejo de guerra, y ante la idea de un consejo de guerra, el impresionable tarasconés se veía ya fusilado al pie de las murallas o pudriéndose en el fondo de un silo...

Lo terrible era que la delimitación de los dos territorios es muy vaga en Argelia... Por fin, al cabo de un mes de idas y venidas, intrigas y esperas al sol en los patios de las oficinas árabes, se llegó al acuerdo de que si, por una parte, el león había sido muerto en territorio militar, por otra parte Tartarín, cuando disparó, estaba en territorio civil. El asunto se juzgó, pues, por lo civil, y a nuestro héroe se le impusieron dos mil quinientos francos de indemnización y las costas.

¿Cómo pagar todo aquello? Los pocos dineros que se libraron de la razzia del príncipe ya se le habían ido tiempo atrás en papel sellado y en ajenjos judiciales.

El desgraciado cazador de leones se vio, pues, reducido a vender la caja de armas al por menor, carabina por carabina. Vendió los puñales, los kris malayos, las llaves inglesas... Un tendero de comestibles le compró las conservas alimenticias. Un farmacéutico, lo que quedaba del esparadrapo. Hasta las botas de montar pasaron, detrás de la tienda de campaña perfeccionada, al puesto de un baratillero, que las elevó a la categoría de curiosidades cochinchinas... Pagado todo, no le quedó a Tartarín más que la piel del león y el camello. Embaló cuidadosamente la piel y la expidió a Tarascón, a nombre del bizarro comandante Bravidá —luego veremos lo que fue de este fabuloso despojo—. Respecto al camello, contaba con él para regresar a Argel; pero no montándolo, sino vendiéndolo para pagar la diligencia. El animal, por desgracia, tenía difícil colocación, y nadie ofreció por él ni un ochavo.

Sin embargo, Tartarín quería regresar a Argel a toda costa. Tenía prisa por volver a ver el corselete azul de Baya, su casita y sus fuentes, por descansar en los tréboles blancos de su claustrillo, mientras le llegaba el dinero de Francia. Nuestro héroe no vaciló; consternado, pero no abatido, resolvió andar el camino a pie, sin dinero, a cortas jornadas.

El camello no le abandonó en tal circunstancia. Aquel extraño animal había tomado inexplicable cariño a su amo, y al verle salir de Orleansville, echó a andar religiosamente detrás de él, acomodando su paso al del héroe y sin separarse de éste ni una pulgada.

Al pronto, Tartarín llegó a enternecerse; aquella fidelidad y aquella abnegación a toda prueba le conmovían hasta lo más hondo.

Luego, el pobre animal no exigía gasto alguno; se alimentaba con nada. Pero, al cabo de algunos días, el tarasconés empezó a cansarse de llevar siempre pegado a los talones un compañero melancólico que tantas desventuras le recordaba. A esto vino a añadirse el desabrimiento; le molestaba indeciblemente aquella tristeza, aquella giba, aquel andar de palomino atontado. En una palabra: le tomó tirria y no pensaba más que en la manera de deshacerse de él; pero el animal era tozudo y pertinaz. Tartarín trató de perderle; pero el camello le volvía a encontrar; trató de correr, pero el camello corría más... Le gritaba "¡Vete!", tirándole piedras. El camello se detenía y le miraba con tristeza; después, al cabo de un rato, volvía a ponerse en marcha y acababa por alcanzarle. Tartarín tuvo que resignarse.

Cuando a los ocho días largos de marcha el tarasconés, lleno de polvo y rendido de fatiga, vio de lejos relumbrar las primeras terrazas de Argel entre el verdor de los campos; cuando se encontró a las puertas de la ciudad, en la ruidosa avenida de Mustafá, entre zuavos, biskris y mahoneses, todo bullendo alrededor de él y mirándole desfilar con su camello, se le acabó la paciencia. "¡No! ¡No! —dijo—. No es posible... Yo no puedo entrar en Argel con semejante animal"; y aprovechando una aglomeración de coches, dio un rodeo por el campo y se metió en una zanja.

Al poco rato vio encima de su cabeza, en la calzada de la carretera, al camello, que corría a grandes zancadas, alargando el cuello ansiosamente.

Entonces, aliviado de un gran peso, el héroe salió de su escondrijo y entró en la ciudad por un sendero apartado que corría a lo largo de las tapias de su huerto.

VII. Catástrofes sobre catástrofes

Al llegar delante de su casa morisca, Tartarín se detuvo asombrado. Caía la tarde; la calle estaba desierta. Por la puerta baja en forma de ojiva, que la negra había olvidado cerrar, oíanse risas, ruido de copas, detonaciones de botellas de champaña, y dominando todo aquel escándalo, una voz de mujer, que cantaba alegre y clara:

¿Te gusta, Marco la Bella,
danzar en salón florido?

—¡Trueno de Dios! —exclamó el tarasconés, palideciendo y entrando precipitadamente en el patio.

¡Desdichado Tartarín! ¡Qué espectáculo le esperaba!... Bajo los arcos de aquel gracioso claustro, entre botellas, pasteles, almohadones esparcidos, pipas, tamboriles y guitarras, Baya, de pie, sin chaqueta azul ni corselete, sin más que una camisola de gasa plateada y un ancho pantalón de color rosa tierno, cantaba "Marco la Bella", con una gorra de oficial de marina en la oreja... A sus pies, tendido en una esterilla, atracado de amor y de pasteles, Barbassou, el infame capitán Barbassou, reventaba de risa escuchándola.

La aparición de Tartarín, demacrado, polvoriento, echando chispas por los ojos y con la chechia erizada, cortó en seco la amable orgía turcomarsellesa. Baya lanzó un grito de galguita asustada y corrió a esconderse en la casa. Barbassou no se inmutó, sino que, riendo a más y mejor, le dijo:

—¡Hombre, señor Tartarín! ¿Qué le parece a usted todo esto? ¿Se convence de que Baya sabe francés?

Tartarín de Tarascón dio un paso adelante, furioso:

—¡Capitán!

—*Digoli que ven gue, moun bon!* —exclamó la mora, asomándose a la galería del primer piso, con lindo mohín canallesco.

El pobre hombre, aterrado, se dejó caer sobre un tambor. ¡Su mora sabia hasta el marsellés!

—¡Cuando yo le decía que desconfiara usted de las argelinas! —dijo sentenciosamente el capitán Barbassou—. ¡Lo mismo que su príncipe montenegrino!

Tartarín levantó la cabeza.

—¿Sabe usted dónde está el príncipe? —preguntó.

—No está muy lejos. Reside por cinco años en la hermosa prisión de Mustafá. El bribón se ha dejado coger con las manos en la masa... Por lo demás, no es ésta la primera vez que le ponen a la sombra... Su alteza cumplió otra vez tres años de presidio en otra parte... ¡Hombre, creo que fue en Tarascón!

—¡En Tarascón! —exclamó Tartarín, súbitamente iluminado—. Por eso no conocía más que una parte de la ciudad...

—¡Claro!... Tarascón visto desde el presidio... ¡Ah, pobre señor Tartarín! Hay que abrir mucho el ojo en este país endemoniado; si no, se expone uno a cosas muy desagradables. Por ejemplo, el asunto de usted con el almuecín...

—¿Qué asunto?... ¿Qué almuecín?...

—¡Toma!... El almuecín de enfrente, que hacía el amor a Baya. El Akbar lo contaba el otro día, y todo Argel se ríe aún... Es tan gracioso ese almuecín, que desde lo alto del alminar, cantando sus oraciones, hacía declaraciones amorosas a la pequeña en las propias narices de usted y le daba citas invocando el nombre de Alá...

—Pero ¿en este país son todos unos bribones? —aulló el desventurado Tartarín.

Barbassou hizo un gesto de filósofo.

—Amigo, ya lo sabe usted, en los países nuevos... Pero no haga usted caso... Si quiere usted creerme, vuélvase pronto a Tarascón.

—¡Volver!... Fácil es decirlo... ¿Y el dinero?... ¿No sabe usted que me han desplumado allá en el desierto?

—¡No ha de quedar por eso! —respondió el capitán riendo—. El *Zuavo* sale mañana, y si usted quiere, yo le repatrio... ¿Le parece a usted bien, colega? Pues ya no hay más que una cosa que hacer. Aún quedan algunas botellitas de champaña, media empanada; siéntese ahí, y ¡fuera rencores!

Después de un minuto de vacilación, impuesta por su dignidad, el tarasconés se decidió. Sentóse y brindaron; Baya volvió a bajar al oír el ruido de las copas; cantó el final de "Marco la Bella", y la fiesta se prolongó hasta hora avanzada de la noche.

A eso de las tres de la mañana, el buen Tartarín, con la cabeza ligera y los pies pesados, volvía de acompañar a su amigo el capitán, cuando, al pasar por delante de la mezquita, el recuerdo del almuecín y de sus bromas le hizo reír, y de pronto cruzó por su mente extraña idea de venganza. La puerta estaba abierta. Entró, siguió largos corredores alfombrados con esterillas, subió, subió más y acabó por llegar a un reducido oratorio turco: una lámpara de hierro, pendiente del techo, se balanceaba, bordando las blancas paredes de sombras caprichosas.

Allí estaba el almuecín, sentado en un diván, con su gran turbante, su pelliza blanca y su pipa de Mostaganem, con su vaso grande de ajenjo fresco, bebiendo religiosamente, mientras llegaba la hora de llamar a los creyentes a la oración... Al ver a Tartarín, soltó la pipa, lleno de espanto.

—Ni una palabra, señor cura —dijo el tarasconés, que tenía una idea—. ¡Ea, pronto! ¡Dame el turbante, la pelliza!...

Y el cura turco, temblando de pies a cabeza, le dio el turbante, la pelliza y todo lo que quiso. Tartarín se disfrazó y salió gravemente a la terraza del alminar.

El mar relucía a lo lejos. Las blancas azoteas centelleaban a la luz de la luna. Oíanse en la brisa marina melancólicos sones de guitarras trasnochadoras... El almuédano de Tarascón se recogió un momento, y después, levantando los brazos, empezó a salmodiar con voz sobreaguda:

—*La Alá il Alá*... Mahoma es un embustero... El Oriente, el Corán, las bachagas, los leones, las moras. ¡Nada hay que valga un pito! Ya no hay *teurs*... No hay más que tramposos. ¡Viva Tarascón!

Y mientras en caprichosa jerigonza, mezcla de árabe y provenzal, el ilustre Tartarín lanzaba a las cuatro esquinas del horizonte, al mar, a la ciudad, al llano y a la montaña, su chistosa maldición tarasconesa, la voz clara y grave de los demás almuecines le contestaba, perdiéndose de alminar en alminar, y los últimos creyentes de la ciudad alta se daban devotamente golpes de pecho.

VIII. ¡Tarascón! ¡Tarascón!

Las doce del día. El *Zuavo* se dispone a salir. Arriba, en el balcón del café Valentín, los señores oficiales de la guarnición asestan el catalejo, y por orden de grados, el coronel a la cabeza, lo cogen para mirar el barco feliz que va a Francia. Es la mejor distracción del estado mayor...... Abajo relumbra la rada.

Las culatas de los viejos cañones turcos enterrados a lo largo del muelle brillan al sol. Los pasajeros se apresuran. Biskris y mahoneses amontonan equipajes en las barcas.

Tartarín de Tarascón no lleva equipaje.

Vedle ahí, que baja por la calle de la Marina y atraviesa el mercado chico, lleno de plátanos y sandías, acompañado por su amigo Barbassou. El desdichado tarasconés dejó en tierra de moros su caja de armas y sus ilusiones, y ahora se dispone a bogar hacia Tarascón, con las manos en los bolsillos... Apenas ha saltado a la chalupa del capitán, un animal se precipita, sin aliento, desde lo alto de la plaza, y se dirige hacia él, galopando. Es el camello, el camello fiel, que lleva veinticuatro horas buscando a su amo por toda Argel.

Tartarín, al verle, cambia de color y finge no conocerle; pero el camello sigue en sus trece. Bulle a lo largo del muelle. Llama a su amigo y le mira con ternura: "Llévame", parece decirle con sus tristes ojos. "Llévame en la barca, lejos, muy lejos de esta Arabia de cartón pintarrajeado, de este Oriente ridículo, lleno de locomotoras y diligencias, donde, dromedario venido a menos, no sé qué será de mí. Tú eres el último turco; yo soy el último camello... ¡No nos separaremos jamás, oh gran Tartarín!"

—¿Es de usted ese camello? —preguntó el capitán.

—No, señor —contesta Tartarín, temblando ante la idea de entrar en su pueblo con aquella escolta ridícula; y, renegando impúdicamente del compañero de sus infortunios, rechaza con el pie el suelo africano y da a la barca el impulso de salida.

El camello husmea el agua, alarga el cuello, hace crujir sus coyunturas, y lanzándose detrás de la barca a cuerpo descubierto, nada en conserva hacia el Zuavo, con su giba combada, que flota como una calabaza seca, y su largo cuello levantado por encima del agua a manera de espolón de trirreme.

Barca y camello se colocan al costado del paquebote.

—¡Me da lástima ese dromedario! —dijo el capitán Barbassou, conmovido—. Estoy por subirlo a bordo... Sí; y en llegando a Marsella lo regalaré al parque zoológico.

Con grandes esfuerzos de palancas y cuerdas izaron sobre el puente el camello, más pesado con el agua del mar, y el *Zuavo* se puso en marcha.

Los dos días que duró la travesía los pasó Tartarín solo en su camarote, y no porque la mar estuviese mala, ni la chechia tuviese mucho que padecer, sino porque el diablo de camello, en cuanto aparecía su amo en el puente, tenía para con él asiduidades ridículas. Nunca se vio a un camello que de tal manera comprometiese a una persona.

De hora en hora, por las portillas del camarote por donde Tartarín sacaba las narices algunas veces, el tarasconés veía palidecer el azul del cielo argelino. Por fin, una mañana, entre una bruma plateada, oyó cantar con indecible gozo todas las campanas de Marsella. Habían llegado... El *Zuavo* echó anclas.

Nuestro hombre, que no tenía equipaje, bajó sin decir nada, atravesó Marsella de prisa, siempre temeroso de que le siguiera el camello, y no respiró hasta que se encontró instalado en un departamento de tercera, corriendo a buena marcha hacia Tarascón...

¡Engañadora seguridad! A unas dos leguas de Marsella, todas las cabezas en las ventanillas. Gritos y manifestaciones de asombro... Tartarín mira también y ve... ¿Qué ve?... El camello, señores, el inevitable camello, corriendo por los rieles, en plena Crau, detrás del tren.

Tartarín, consternado, se acurrucó en un rincón y cerró los ojos. Después de tan desastrosa expedición, había hecho el propósito de entrar de incógnito en su pueblo; pero la presencia de aquel modesto cuadrúpedo se lo impedía. ¡Qué manera de volver, Dios mío! ¡Sin un céntimo, sin leones, sin más que... un camello!

—¡Tarascón!... ¡Tarascón!...

No hubo más remedio que bajar.

¡Oh estupor! Apenas asomó la chechia del héroe por la portezuela, un grito: "¡Viva Tartarín!", hizo temblar los cristales de la montera de la estación.

—¡Viva Tartarín! ¡Viva el cazador de leones!

Y acordes de charanga, coros de orfeones, llenaron el aire... Tartarín se sintió morir; creía que se trataba de una burla. Pero, no: allí estaba todo Tarascón, alegre y simpático, con los sombreros en alto. Allí estaban el bizarro comandante Bravidá, Costecalde el armero, el presidente, el boticario y todo el noble cuerpo de cazadores de gorras, estrujándose alrededor de su jefe y sacándole en triunfo hasta la escalera...

¡Singulares efectos del espejismo! La piel del león ciego, enviada a Bravidá, era causa de todo aquel ruido. Con aquel modesto despojo, expuesto en el casino de los tarasconeses y, tras ellos, a todo el mediodía de Francia, se le había vuelto el seso. El Semáforo había hablado. Llegó a inventarse un drama. No era un león lo que Tartarín había matado, sino diez, veinte leones, una confitura de leones... Así, pues, cuando Tartarín desembarcó en Marsella, ya era ilustre sin saberlo, y un telegrama entusiasta dirigido a su ciudad natal se le había adelantado en dos horas.

Pero lo que elevó al colmo la alegría popular fue la presencia de un animal fantástico, cubierto de polvo y sudor, que apareció detrás del héroe y bajó a la pata coja la escalera de la estación. Por un instante, Tarascón creyó que volvía su Tarasca.

Pero Tartarín tranquilizó a sus compatriotas.

—Es mi camello —dijo.

Y por el influjo del sol tarasconés, aquel sol tan hermoso que hace mentir ingenuamente, añadió, acariciando la giba del dromedario:

—¡Es un noble animal!... Él me ha visto matar todos mis leones.

Dicho esto, cogió familiarmente el brazo del comandante, ebrio de felicidad, y seguido de su camello, rodeado de los cazadores de gorras y aclamado por todo el pueblo, se dirigió apaciblemente a la casa del baobab. Por el camino empezó a referir sus grandes cacerías:

—Figúrense ustedes —dijo— que cierta noche, en mitad del Sahara...

FIN

SOBRE EL AUTOR

Alphonse Daudet nació en Nimes el 13 de mayo de 1840, en el seno de una familia católica. Su padre, Vincent Daudet, es un tejedor y comerciante de sedas. Su madre Adeline es la hija de Antoine Reynaud un rico comerciante de seda. Pasó la mayor parte de su infancia a pocos kilómetros de Nimes, en el pueblo de Bezouce. Después de que su padre cerrara la fábrica, la familia se trasladó a Lyon cuando Daudet tenía 9 años. La ruina completa de su padre en 1855 lo obligó a abandonar el bachillerato. Esta experiencia dolorosa le inspiró su primera novela, *Una pequeña cosa* (1868), en la que mezcló hechos reales e inventó otros, como la muerte de su hermano.

Deseando hacer una carrera literaria, se unió a su hermano Ernest en París en noviembre de 1857, aunque prefiere llevar una vida bohemia. Frecuenta a una de las damas del séquito de la emperatriz Eugenia, lo que le valió una afección sifilítica extremadamente grave, con complicaciones que la afectarían toda su vida, en particular una ataxia locomotora que le obligó a caminar con muletas.

Colabora en varios periódicos (especialmente *Paris-Journal*, *L'Universel* y *Le Figaro*), y en 1858 publica una colección de versos, *Les Amoureuses*. Su amante Marie Rieu, le inspira el personaje de la novela *Sapho*. Al año siguiente conoce al escritor Frédéric Mistral, con el que comienza una gran amistad; mantendrán una abundante correspondencia que solo se verá empañada cuando Daudet publique *L'Arlésienne* (1869) y la novela *Numa Roumestan* (1881), caricaturas del temperamento del sur.

En 1860, fue contratado como secretario del duque de Morny (1811-1865), medio hermano de Napoleón III y presidente del Cuerpo Legislativo. Este trabajo de secretario le deja mucho tiempo libre que ocupa para escribir cuentos y crónicas. Pero aparecen los primeros síntomas de la sífilis y su médico le aconseja que se vaya a un clima más cálido y viaja a Argelia, Córcega y Provenza. Pero el duque muere de repente en 1865 y esto provoca un punto de inflexión decisivo en la carrera de Alphonse, que decide dedicarse por completo a la escritura, como columnista de Le Figaro y como escritor.

Conoce su primer éxito en 1862-1865 con *El último ídolo*, representación teatral escrita en colaboración con Ernest Manuel. Después de viajar a Provenza, Daudet comienza la escritura de los primeros textos de las *Cartas desde mi molino*, que será publicada por entregas por *L'Événement* en 1866, bajo el título de *crónicas provenzales*.

Después de publicar *Una pequeña cosa. Cuento de un niño*, en 1868, Daudet publica novelas como *Jack* (1876), *El Nabob* (1877), *Los reyes en el exilio* (1879), *Numa Roumestan* (1881), *El inmortal* (1888), etc. Dedicando la mayor parte de su trabajo a la novela y al teatro (es autor de diecisiete obras), no descuida su trabajo como narrador.

En 1872, publica *Las prodigiosas aventuras de Tartarín de Tarascón*, cuyo personaje se ha convertido en un mito en

Francia. *Cuentos de lunes* (1873), una colección de cuentos sobre la guerra franco-alemana de 1870 , también demuestra su gusto por este género y por las maravillosas historias.

A partir de 1880, los síntomas derivados de la sífilis se agravarían, provocándole dolencias neurológicas. Siguió publicando hasta 1895 y finalmente muere el 16 de diciembre de 1897 en París.

Printed in Great Britain
by Amazon

27042109R00098